スピニー通りの秘密の絵

L. M. フィッツジェラルド
千葉茂樹 訳

あすなろ書房

スピニー通りの秘密の絵

イラストレーション／いとう瞳
ブックデザイン／城所潤

1

これは世紀の大発見だ。

少なくとも、そのときわたしはそう思った。

そのころのわたしにとって、大発見とは、道ばたで「ちゃんと動きます」とメモが貼《は》ってあるトースターや、賞味期限をすぎて、ちょっとかたくなった菓子《かし》パンの袋《ふくろ》を見つけたりすることだった。ちなみにそのパンは、何か月もオートミールしか食べていなかったわたしには、天国の味のようにおいしかった。

マンハッタンで宝物を見つけるのはそんなにむずかしくない。ただ、じっくり見るだけでいい。ちょっとのあいだ、高層ビルや店のウィンドーを無視して、下を見ればいい。そうすれば、いろんな物があちこちに落ちているのがわかるはず。別に文句をいってるわけじゃない。おかげでわたしは、服もおもちゃも文房具《ぶんぼうぐ》も、図書館にも負けないぐらいたくさんの本も見つけたんだから。ニューヨークの歩道っていうのは、なんでもただで手にはいる青空ショッピングモールみたいなものなんだ。

一度なんか、高級百貨店バーニーズの紙バッグをふたつ見つけたこともあった。中には虫食い穴のあるカシミアのセーターがぎっしりつまっていた。コインランドリーで三ドル二十五セントかけて洗ったら、うまい具合に縮んだので、その厚手のフェルトみたいになった生地《きじ》に古い羽毛枕《うもうまくら》のダウンをつめて、冬用のコートを作ったこともある。使わなかった袖《そで》の部分は、縫《ぬ》い合わせてレギンスにした。はぎれはパッチワークにして学校用のバッグにした。おじいちゃんの箪笥《たんす》のひきだしで見つけたホテルの裁縫《さいほう》セットにあった糸で、わたしの名前まで刺繍《ししゅう》した。

新品同様のスノーボードを見つけたこともある。それで、すごくかっこいい本棚《ほんだな》を作った。もちろん、これは、ニューヨークの道ばたで見つかる最高のものが、まだ「もの」だと思っていたころの話だ。

でも、話をもどそう。

それはうだるように暑い七月のある日の、金物屋からの帰りのことだった。その暑さといったら、照りつける太陽の日差しと、歩道からの照り返しのどっちがより暑いのかもわからなくなるほどのひどさだった。一歩進むたびにペタペタと音がするのは、スニーカーの底のゴムが溶《と》けはじめてるからにちがいない。わたしがはいているものをスニーカーと呼ぶのなら、ということだけど。

そのスニーカーは、わたしが七年生のあいだずっとはいていたものだけど、夏になって急にはじまったわたしの成長についてこられなかった。つま先が自由になるようにキャンバス地にスリットをいれていたし、靴《くつ》ひもも限界までゆるめてある。それでも、ハドソンストリートの韓国《かんこく》料理屋街と自転車専門店をパタパタ通りすぎたころには、スニーカーのどこかがだめになったのがはっきりとわかった。まあ、どう考えても縫《ぬ》い目《め》なんだけど。

あれを見つけたのは、ちょうどそのときだった。わたしの家があるスピニー通りへの角を曲がったちょうどそのときだ。

靴《くつ》が一足、一軒《けん》の家の前のメールボックスの上にちょこんとのっている。おとなりの家にいつも捨てられているゴージャスなハイヒールじゃなくて、スニーカーだ。しかも新品で、近くでじっくり観察したら、わたしの足にぴったりのサイズだ。たしかにけばけばしい色だし、その上、どんな理由からなのか落書きがされているけど、わたしの足にぴったりというだけで十分だ。

わたしはほかのライバルの目に留まる前にすばやくつかむと、汗《あせ》で太ももにはりついたスカートをはがしながら、熱い縁石《えんせき》にどさっと腰《こし》をおろした。スカートといっても、ほんとうは屋根裏で見つけた黄ばんだコットンのペチコートなんだけど。でも、はいていたスニーカーをぬいでいるときに、おじいちゃんのジャックの声がきこえたような気がした。

「なんだって？　その靴《くつ》はまだまだ使えるじゃないか！　ああ、でもどうしてもっていうんなら、靴《くつ》ひもをよこしなさい。使い道を考えるから」

一瞬《いっしゅん》、そのお宝から目を離《はな》したとき、わたしの目の前にとまっていたタクシーが動きだして、道路の真ん中にあるなにかねばねばした黒っぽいしみのようなものが目にはいった。

ちょっと見には、車からもれたオイルか、太陽で黒く焼けたゴムのあとに見えるしみだ。そのしみを見て、あの日のことを思い出してしまった。

あれからほんの二か月ほどしかたっていないのに、なんだかもう何年も前のことのように思える。あの日わたしは、いつも学校からの帰り道にそうするように、スピニー通りへの角を曲がった。でも、そのとき目にしたのは、救急車とパトカーが道をふさいで通行禁止になった通りだった。トラックがやかましくクラクションを鳴らしている。バイク便のお兄さんとタクシーの運転手が、外国語でなにかののしっている。わたしは、その騒《さわ》ぎの中心をのぞきこんで見た。そこにはジャックがいた。ジャックは地面に倒《たお》れている。ジャックの体の下には真っ赤な血がたまっていた。

わたしの血は凍《こお》りついた。

わたしは必死でかけつけた。でも、ジャックはもう虫の息だった。

わたしの顔がジャックの視野にはいったとたん、ジャックは無理矢理頭を持ち上げようとした。

「卵の下だ」かすれ声でそういう。氷のように透《す》き通った青い瞳《ひとみ》にもやがかかった。「卵の下を探すんだ」

救急救命士は会話をつづけさせるようにうながした。

「なんのことなの？」わたしはそういった。わたしの中では、こんなときにいうべきことと、いまほんとうにききたいこととの間で混乱していた。「卵の下になにがあるの？」

「手紙が……」口から血が噴《ふ》きだして、しゃべるのはとてもつらそうだ。「それと、宝物《トレジャー》」

ジャックは目を閉じた。それでも、力をふりしぼってさらにささやく。「手《て》遅《おく》れになる前に」

その日のそのあとのことは、断片的にしか思い出せない。救急車に乗った。若いお医者さんの汗《あせ》ばんだ手がわたしの肩《かた》にかかっていた。わたしはだいじょうぶだし、ちゃんとひとりで歩いて帰れるといったのに、おまわりさんが家まで送ってくれた。おまわりさんが話しかけているあいだ、母さんはおかしな歌をハミングしていた。母さんはきくのをやめて、頭の中でいつもの「定理」をくり返しはじめたのがわたしにはわかった。
それが、スピニー通り十八番地のテンペニー家が、三人からふたりになった日だ。実際には
ふたりがひとりになったともいえる。ジャックがいなくなってしまったら、なにもかもが、わたしひとりにかかってくるんだから。
だからこそジャックは、最期《さいご》のことばとして、なにもかもを変えてしまうものがどこにあるのかをわたしに残してくれたんだ。

2

スピニー通り十八番地はすぐに見つかる。レンガ造りの揃《そろ》いのファサードにピカピカにみがかれた真鍮《しんちゅう》の表札を掲《かか》げたおしゃれなタウンハウスをいくつか横目に通りすぎる。ときどきは、パパラッチがたむろしていることもある。

それらをこえると、一軒《けん》のぼろ家がある。住人は荷造りを終え、すぐにでもフロリダのコンドミニアムへ引っ越《こ》して、年金生活をはじめそうに見える。

それがわたしたちの家だ。

ずっとそんな風だったわけじゃない。テンペニー家のひいひいひいひいおじいちゃんは、海運業でひと財産こしらえて、元々《もともと》は低木の生い茂《しげ》る荒《あ》れた土地をおしゃれな通りに造成し、そこに家を建てた。しかも、一軒《けん》じゃなく二軒《けん》。一軒《けん》は妻と子どもたちとで暮らす自分用。もう一軒《けん》は自分の母親用だ。この二軒《けん》は各階がドア一枚でつながっていた。

ところが、テンペニー家の家運がピークだったのは、この家を建てたときだった。わずか一年後に片方の家を貸しだして、母親はほかの家族と同居することになってしまった。ときがたつにつれて、街のエリートたちはグリニッジビレッジを捨ててどんどん北上していった。でも、テンペニー家はそのままそこにとどまった。

七月のそのうだるように暑い日、わたしは『世紀の大発見』の新しいスニーカーにはき替《か》えたばかりの足で、玄関《げんかん》ポーチから名刺《めいし》やチラシの山を蹴《け》り落とした。「こちらにお住まいのあなたさま、急ぎの現金が必要でしたら、ぜひともわがタウンホーム不動産に売却《ばいきゃく》のお手伝いをさせてください！」といったたぐいのチラシだ。それから、玄関《げんかん》の真鍮《しんちゅう》のドアノブをさんざんガチャガチャいわせた末にようやくドアをあけた。

あたたかい歓待《かんたい》などあるはずもない。待っているのはただ暑いだけの古びた客間だ。静まり返っていて、ほこりっぽい本のにおいがする。それと去年の冬に出入りしていた野良猫《のらねこ》のにおい。ジャックがいたころは、この部屋には芸術的でちょっと不思議な雰囲気《ふんいき》がただよっていた。アンティークの机の脚《あし》の一本は、オークの枝で補修されていたし、椅子《いす》の前に置く足乗せのオットマン代わりには、船員結びでたばねた電話帳を使っていた。落ち葉をはさんでアイロンで伸《の》ばしたパラフィン紙を壁紙《かべがみ》にして、部屋を囲んでいた。でもいまは、のりが弱くなって落ち葉は床《ゆか》に落ちてしまっていて、部屋はただ奇妙《きみょう》に見えるだけだ。それはまるで、おしゃれだった大叔母《おおおば》さんがカツラを前後反対につけはじめたみたいな感じだ。

ダイニングルームの窓から吹《ふ》きこむ風に乗って、裏庭で飼っているニワトリのいらだったようなコッコッという声がきこえている。きっと、喉《のど》がかわいたか、晩ごはんが待ちきれないかなんだろう。ジャックが裏庭の一部を使って家庭菜園をはじめたのは大恐慌《だいきょうこう》時代のことだ。いまでは裏庭全体が家庭菜園になっている。野菜の畝《うね》が何列もならんでいるだけではなく、リンゴの木が一本に、ラズベリーの茂《しげ》みと、りっぱな鳥小屋まであって、そこには元気なニワトリたちがいる。

少なくともつい最近までは。今週になって、バカでかいネズミに一羽とられてしまった。カミーユは古参のタフな雌鳥《めんどり》だったから、逆にあのネズミをやっつけたっておかしくなかったのに。でも、ジャックが死んで以来、わたしたちはみんな腑抜《ふぬ》けになってしまったんだと思う。

部屋のすみにある大きな振《ふ》り子《こ》時計が低く五回鳴った。ニワトリたちにはもうちょっと待ってもらおう。その前にお茶の時間だ。

二階に上がるわたしの足元で階段がギシギシ音を立てた。かたゆで卵と欠けたティーポットをのせたくすんだ銀のトレイのせいで、いつもより重いからかもしれない。わたしはウェイトレスみたいにトレイを運んでいる。

トレイを片手でささえ、あいたほうの手で三回ノックする。返事はない。

ドアをおしあけて中にはいっても、母さんは机からほとんど目を上げもしない。ドア口からでも、母さんの首筋に汗《あせ》の玉が噴《ふ》きだしているのが見える。母さんは鉛筆《えんぴつ》をヘアピン代わりに使って、麦わら色の髪《かみ》を無造作に結《ゆ》い上げている。腐《くさ》りかけたティーバッグと汚《よご》れた洗い物のにおいで息がつまる蒸《む》し暑さなのに、母さんはタオル地のバスローブを着ていた。

「お茶を持ってきたよ」わたしはトレイを母さんの椅子《いす》のそばの床《ゆか》に置いた。机の上になにか置こうものなら、母さんはものすごく取り乱してしまう。机の上は数字や暗号で埋《う》めつくされた黄色い紙で分厚くおおわれている。

母さんはなにもいわずに、いちばん新しい紙に鉛筆《えんぴつ》でなにかを書きつづけている。

ジャックは、母さんのことをいつも少しばかり「たが」がはずれているといっていた。それは子どものころからだったようだ。とはいっても、イカれているわけでもないし、ニブいわけでもない。ただ、母さんはいつだって、外の世界より自分の心の中の世界にいるほうが好きなだけだ。

わたし自身、近所の子どもとはあまりかかわりたくないから、この気持ちはわかる。それに、

「ふつう」の人と、天才発明家の頭脳のちがいをちゃんと教えてくれる人に会ったこともない。でもジャックは、アンジェリカはそんなのとはぜんぜんちがうんだといっていた。母さんはむかしはちゃんと外にもでかけていたし、家事も手伝ったし、学校にもいっていた。学校の先生たちや大学教授たちは母さんのことを「天才」だとか、「非凡《ひぼん》な才能の持ち主」だとかいっていたという。でも、ときがたつにつれてどんどんひきこもるようになって、いまでは子ども時代からの部屋の、子ども時代からの机にかじりついたままになった。そして、ニューヨーク大学に十五年も前に提出するはずだった学位論文にかかりっきりだ。

ジャックが死んでからは、机から離《はな》れるのも拒否《きょひ》するようになった。ただし、毎朝の紅茶専門店《ティーショップ》通いだけは別にして。母さんは、ほとんど偏執的《へんしつ》といっていいぐらい、そのティーショップであつかうあらゆる種類の紅茶集めに熱中している。でも、先週にはバスローブのままでかけようとするところを、あやうくひきとめたばかりだ。事態が悪化しているのはまちがいないようだ。

父さんのことを、わたしはなにひとつ知らない。どうやら、それは母さんもおなじらしい。ジャックがいうには、わたしたちの家の登記書を手にいれるために母さんをたぶらかしたペテン師だということだ。ジャックがその男を追い払《はら》った。

わたしは窓の桟《さん》にならんだティーカップを集めはじめた。ベッドの下のカップもしゃがんで拾い上げる。

「論文の調子はどう？」

カリカリ、カリカリ。

「定理は解けた？」

「そうね、糸口を見つけたと思ったんだけど、この独自の因数分解的アプローチではだめみたいね」母さんは顔を上げないまま、首を横にふった。「独自の因数分解か。バカバカしい」

「そうか」わたしはくしゃくしゃのシーツがかかったベッドに腰《こし》をおろした。「ねえ母さん、この前話したこと、どう思う？　この家を売るって話だけど。もし売ったら、大金が手にはいると思うんだ。そのお金でどこか街中にマンションが買えると思う。ブルックリンとかクイーンズあたりに。ほかのおなじくらい安いところでもいいんだけど」

母さんの鉛筆《えんぴつ》が空中で止まった。それから、青白い顔をゆっくりとわたしの方にむけた。

「どの家のこと？」低い声で母さんがたずねた。

「えーと、この家のことだけど」

母さんはポロリと鉛筆《えんぴつ》を落とした。「この家を売るですって？　わたしはどうすればいいの？　わたしの机はいつだってここにあったのよ。ここは完璧《かんぺき》な場所なの。外の木にとまった鳥が見えるのよ。ほら、巣があるでしょ？　わたしは方程式を解きながらあの巣を見てるの。それにこのベッドだって」母さんはわたしの方にむけて手をふった。「完璧《かんぺき》な場所なの。朝に朝になると、枕《まくら》の上に朝日が差しこむんだから。この家を売るですって？　だめだめだめ、それはぜったいにだめ」はげしく首をふるにつれて、母さんの声は甲高《かんだか》くなってきた。それに、バスローブからたれたほつれた糸を、一本の指にきつく巻きつけている。

「それに、わたしはどこでお茶を買えばいいの？　マダム・デュモンはいつだって完璧《かんぺき》なブレンドを用意しておいてくれるのよ。それに……」

「わかったよ、母さん。わかったから。わたしたちはどこにもいかない」わたしはあわてて口をはさんだ。「いまのところは」

「ここにはわたしの論文の草稿《そうこう》が全部あるのよ。資料もなにもかも全部。ほら」母さんは半狂乱《はんきょうらん》で、まわりの書類の山や切り抜《ぬ》きの上につぎつぎ手を置いている。「それに、わたしはこれをちゃんと整理しなくちゃいけないの。順番にならべて、脚注《きゃくちゅう》をつけて……」

「この家は売らないから、ね」わたしは勢いよく立ち上がった。そのせいで、本がごちゃごちゃのっているナイトテーブルからティーカップがふたつ落ちてしまった。ティーカップはベッドの下にころがっていった。

「だけどね、母さん。これだけはいっておく。このままじゃ、生活できないよ」わたしは壮《そう》大《だい》なタージマハルを調査しているかのように、ごちゃごちゃした部屋中にぐるりと手を回した。「冬になったらガス代もかかるし、電気代だって。うちのボイラーがあとどれぐらいちゃんと動くのかもわからないんだよ。どうやって修理代を払《はら》えばいいの？」

母さんがハミングをはじめた。

「ねえ、母さんはほんとうにジャックから秘密の隠《かく》し場所のこと、なにもきいてないの？　そこにお金とか、宝石とか、隠《かく》してあるんじゃないの？　ねえ、母さんったら」

返事はない。

わたしはまたティーカップを集めはじめた。「もう少ししたら、晩ごはんを持ってこようか？」

顔を上げると、母さんはリプトンのティーバッグを目の前でぶらぶらゆらしていた。熱いしずくが床《ゆか》に敷《し》きつめられた紙の上に散らばる。「わたしのバニラ・ルイボスティーはどこ？」

「ルイボスティーはもうないよ。わたしはそのことを話してるんだよ。高いお茶を買うお金はもうないの。だからはわたしはこのお茶を……」

「でも、わたしの午後のお茶はバニラ・ルイボスって決まってるの。マダガスカル島産の最高級のバニラが使われてるのよ。マダム・デュモンはそういってた。明日の朝になったら、また買ってこなくちゃ。マダム・デュモンは届きたてのゴールデン・アッサムを用意しておいてくれるっていってたし……」

母さんがインド産と中国産の茶葉のちがいについて専門的な分類法を話しはじめるのをききながら、わたしは部屋をでてドアをしめた。

野菜の水やりとニワトリの餌《えさ》やり、それから側溝《そっこう》の泥掃除《どろそうじ》をしてから、わたしは自分用の夕食を持ってジャックのアトリエだったいちばん上の階の部屋にいった。ジャックとわたしは、毎晩ダイニングルームの席について、テンペニー家に伝わる食器にライスと豆を盛りつけ、食事が終わると食器用エレベーターでキッチンに下ろしていた。でも、いまは、こんなに暑い日でもダイニングの大きなテーブルは寒々《さむざむ》しく感じられるから、ジャックの思い出がいっぱいつまった場所で食べることにしている。

アトリエは絵の具のにおいに包まれている。わたしはアトリエの壁《かべ》にならんだ細長い窓を少しあけて、夜の涼《すず》しい風とラッシュアワーのクラクションの音を部屋にいれた。窓の下の長椅《ながい》子《す》のお気に入りの場所からだと、眼下にパッチワークみたいな庭が見えるし、ハドソン川の水面もちらっと見える。ときどきわたしは、その椅子《いす》にすわって、屋根の上を飛びまわるハトの群れをながめる。一羽だけだとみすぼらしいのに、群れになるとあんなに美しいのがすごく不思議だ。

晩ごはんを食べながら、いっしょに持ってきた手紙の束をつぎつぎに見ていく。鷲《わし》のマークの大きなシールが貼《は》ってある、いかにも公文書、みたいな手紙が一通、床《ゆか》の上に落ちた。送り主は退役軍人省《たいえきぐんじんしょう》だった。

関係者各位

退役軍人省《たいえきぐんじんしょう》は以下の方の死亡を確認《かくにん》いたしました。

ジャック・ソーントン・テンペニー五世

本状による通知をもって、退役軍人《たいえきぐんじん》年金の支給は終了《しゅうりょう》いたします。

テンペニー氏のご逝去《せいきょ》を心よりお悔《く》やみ申し上げます。テンペニー氏の我《わ》が国への奉仕《ほうし》につきまして、深く感謝いたします。

ロジャー・D・フォウク

退役軍人省《たいえきぐんじんしょう》

わたしはその手紙をくり返し何度か読んだ。退役《たいえき》軍人省？　六年生のとき歴史の研究発表会のテーマに、わたしは第二次世界大戦を選んだ。そのときジャックは、ぜんそくのせいで、戦争には従軍しなかったといっていた。だとしたら、退役《たいえき》軍人省が呼吸に問題のある人間に年金を支給するのは変だ。

もっと重要なのは、その手紙によって、出所がまったくわからなかった生活費の元がなくなったことをつきつけられたことだ。これで、お金は尽《つ》きてしまった。

わたしはその手紙を置いて、大きな広口瓶《ひろくちびん》に手を伸《の》ばした。そのガラス瓶《びん》は絵の具の缶《かん》や絵の具の希釈剤《きしゃくざい》の中にまぎれこませてある。そのガラス瓶《びん》にはスカイブルーの絵の具がはいっていたんだけど、いまでは乾《かわ》いて中が見えなくなっている。わたしたちはそこにお札やコインを隠《かく》していた。ジャックはその瓶《びん》にいつも五百ドルいれておいてくれて、残りが数ペニーまで減ると、また出所のわからないどこかから五百ドル補充《ほじゅう》してくれていた。

五歳《さい》のころ、わたしはキャンディを買おうと、その瓶《びん》からこっそり小銭《こぜに》をくすねようとしたことがあった。ジャックはたまたまその場に居合わせて、大声で怒鳴《どな》った。そんなかんしゃくを見たのはそのときだけだったけど、くすねようとしたことよりも、約束を破ろうとしたことに腹を立てていたみたいだ。

「だって、これは魔法《まほう》の瓶《びん》でしょ」わたしはしゃくりあげながらいった。「お金を取りだしても、いつだって元にもどってるじゃない」

ジャックはわたしの前にひざをついて、あちこちに絵具のついた手で、がっしりとわたしの肩《かた》をつかんでいった。

「魔法《まほう》なんかじゃないんだよ。この瓶《びん》にお金をためておくのはかんたんなことじゃない。お金を稼《かせ》ぐっていうのはたいへんなことなんだ。ここにいつもお金があるようにしておくのは、もっとたいへんなことなんだよ」ジャックは肩《かた》から手をはずして、たこのできた手のひらでわたしの頰《ほほ》の涙《なみだ》をぬぐった。「もう泣かないで。この瓶《びん》からはお金がなくならないようにするから」

わたしはその瓶《びん》の中身をあけて、もう一度数え直した。三百八十四ドル。ジャックが死んだ日には四百六十三ドルあった。ジャックが死んだのは、お金を補充《ほじゅう》して一週間もたたないころだった。それはわたしにとってラッキーだったのかもしれない。あの日以降、わたしはなんとかお金を減らさないようにがんばった。食べ物は裏庭でとれるものと、食糧貯蔵庫《しょくりょうちょぞうこ》にあるものだけにしたし、生活必需品《ひつじゅひん》もがまんできるものはがまんした。それでも、赤いアンダーラインが引かれた光熱費関係の請求書《せいきゅうしょ》はひっきりなしに郵便受けに送りこまれてきたけど。コインランドリーもあきらめた。自分の汗《あせ》まみれの服はキッチンのシンクで手洗いして、裏庭の洗濯《せんたく》ひもに干した。

それでも、いくらがんばったところで、お金は少しずつ減っていく。ジャックは正しかった。わたしたちの身のまわりにあるたったひとつの魔法《まほう》とは、いつのまにかお金がなくなることだ。

わたしたちに残された唯一《ゆいいつ》の命綱《いのちづな》はジャックが約束してくれた「宝物」だ。わたしは最後のラズベリーを口に放りこむと、アトリエを横切って、いまは使われていない暖炉《だんろ》の前に立った。大理石のりっぱな炉棚《ろだな》の上には、小さな陶器《とうき》の鉢《はち》にはいったニワトリの卵がひとつある。

テンペニー家恒例《こうれい》の朝いちばんの公式行事として、わたしは卵をそこに置く。ジャックとわたしは毎朝ニワトリが産んだ卵を集めて、その中からいちばん白くて、いちばん完璧《かんぺき》な形のものを選びだしていた。その『名誉《めいよ》の卵』は炉棚《ろだな》に運ばれる。わたしはジャックに抱《だ》き上げられて、その卵をおばあちゃんが焼いたという鉢《はち》にそっと置く。おばあちゃんのことはジャックからきいた話で知っているだけだけど、陶工《とうこう》としてすばらしい腕前《うでまえ》を持っていて、スカンジナビア料理もすごくうまかったらしい。

「新しい一日、新しいはじまり、新しい目標にむけた新しいチャンス」ジャックはいつもおごそかにそういった。それは、ジャックにとって朝の祈《いの》りのようなものだったんだと思う。

その卵はその名誉《めいよ》ある場所に一日置かれて、翌朝つぎの卵が選ばれるとキッチンに運ばれてほかの卵といっしょになる。その卵に一日のあいだ与《あた》えられる仕事は、鉢《はち》の上に掲《かか》げられた絵と響《ひび》きあうことだけだ。その絵というのはジャックが若いころに描《か》いた抽象画《ちゅうしょうが》だ。ミッドナイトブルーのうねるような暗い溝《みぞ》、黒焦《くろこ》げの木のような黒と、あけぼののようなグレー。そして、その暗い虚空《こくう》に目の覚めるような白い楕円《だえん》が描《えが》かれていて、さながら、その下にある本物の卵の光背のように見える。

ジャックのアトリエにあったキャンバスは、売られたり貸しだされたりで、でたりはいったりしていたけれど、その絵だけはいつだって暖炉《だんろ》の上、炉棚《ろだな》の上にあって、毎朝いれ替《か》わる卵を見おろしていた。ジャックはその絵はぜったいに売らないといっていた。ほこりを払《はら》うためにあの絵を動かすことさえなかった気がする。

それは、スピニー通りにしみができる前のことだ。ジャックの最期《さいご》のことばの前のこと。

あの日以降、わたしは毎日、夕食をすませると日が暮れて暗くなるまで「卵の下」になにがあるのか探しまわった。

「卵の下」というのは、ただ単に、血にまみれた脳が最後にたまたま思いついたことばなのかもしれない。けれども、ジャックはいつだってわたしのめんどうは見るといっていた。ジャックはいつも、わたしの準備が整えばきっとわかるといっていた。だから当然、たとえそれがなんであれ、それは卵の下にあるんだと思う。

たったひとつ問題なのは、「卵の下」ということばにはいろいろなとりようがあるということだ。そして、それがどんな意味なのか、わたしにはさっぱりわからない。ひき寄せた椅子《いす》の上に立って、あらためて、その絵がほかのジャックの絵に比べてすごく重いことにおどろかされる。なんらかの理由があって、その絵はキャンバスではなく、木の板に描《か》かれている。

その絵のおかしなところはほかにもある。たとえば、額縁《がくぶち》だ。ジャックはめったに絵を額におさめたりしなかった。ジャックはいつも、描《か》いたときのままの木枠《きわく》に張ったキャンバスの状態で絵を売っていた。金メッキの額縁《がくぶち》なんてほかにはない。それに、ジャックが描《か》く絵はどれも特大サイズで、天井《てんじょう》に届くほどのキャンバスのときもあった。それらと比べると、この絵はとても小さい。縦横それぞれせいぜい五、六十センチといったところだ。わたしはたくましいってタイプじゃないけれど、この絵をあつかうのはかんたんで、床《ゆか》にそっとおろして、ジャックの作業台に立てかけた。作業台の上にはジャックが残したままの状態で瓶《びん》やぼろ布、絵筆がぎっしりつまったコーヒー缶《かん》なんかが散らかっている。

わたしはこれまで何度やってもなにも見つからなかった作業を、もう一度くり返した。くるっとひっくり返して、裏面をじっくりながめる。板の上にはいまでは読むことのできないかすれたスタンプがおしてある。それから、絵と額の隙間《すきま》をぐるりとのぞき、絵の下半分を集中的に調べる。特に額の下の方を。でも、やっぱりなにも見つからない。

つぎは炉棚《ろだな》だ。本物の卵の下、鉢《はち》の中にはなにかないだろうか。ない。それでは、鉢《はち》の下には？　鉢《はち》の底にも、鉢《はち》が置かれた炉棚《ろだな》の上にもなにもない。その炉棚《ろだな》自体をはずしてみようとしたけれど、がっちりはまっていて動かない。ある日の夜なんか、スクリュードライバーを使って暖炉《だんろ》の床《ゆか》のレンガを二、三個めくってみたけれど、そこにはただ、黒っぽい腐《くさ》りかけた床板《ゆかいた》があるだけだった。

こうして、毎晩毎晩、がっかりして終わることになる。太陽の光は消えて、影《かげ》がアトリエをおおう。

その日の夜、わたしはどさっと床《ゆか》にすわって、炉棚《ろだな》の後ろの壁《かべ》をじっと見ながら、この壁《かべ》を打ち破る価値はあるだろうかと考えていた。それにしても、どうやって打ち破る？　ドリルで？　それとも金槌《かなづち》？

そのとき、わたしの足にネズミがかけ上がってきた。

街中の古い家に住んでいるんだから、これまでも小さいの大きいの、いろいろなネズミを目にしてきた。通りでも地下鉄でも、学校のグラウンドで見たことだってある。けれども、ただネズミを見かけるのと、足の上をかけ上がられるのとではまったくちがう。

わたしは飛び上がって、自分の足にむかって悲鳴をあげた。それから、椅子《いす》に飛び乗ったけど、それはむだなことだった。だって、ネズミはもう、わたしの足にしがみついているんだから。わたしは、椅子《いす》の上でめちゃくちゃに足をふりまわした。最後のキックで、ヤツはわたしのペチコートに飛びついて、レースの縁《ふち》に爪《つめ》を立てて必死でしがみついている。どんなにバタバタあおってもなんの効果もなく、わたしはとうとうペチコートをぬぎ捨てて、ジャックの作業台の方に放り投げた。すると、作業台の上の絵筆のはいった缶《かん》が倒《たお》れ、中になにがはいってるんだかわからない瓶《びん》も倒《たお》れた。

息を止めて、くしゃくしゃのペチコートからヤツがあらわれるのを待つあいだ、アトリエは静まり返っていた。すぐにヤツのひげがペチコートのウエストからのぞいているのが見えた。

「どっかにいって！」わたしは叫《さけ》びながらペチコートをつかんでバタバタふった。ネズミはめちゃくちゃになったジャックの作業台を走りぬけて、まだ床《ゆか》に立てかけてある絵の横をとびはねるようにして姿を消した。

あっ、あの絵！　見下ろすと、消毒アルコールの瓶《びん》が倒《たお》れていて、中身が絵にかかり、溶《と》けた絵の具のにごった筋がたれていた。

わたしは作業台の上にあった古いバンダナをつかむと、必死になってアルコールをぬぐった。でも、こすればこするほど、絵の具は落ちていく。手に持っていた布は、黒っぽい絵の具と、それまでは卵だった白い絵の具とでどろどろに汚《よご》れていた。

わたしは凍《こお》りついたようにしゃがみこんだ。手だけが空中でひらひらとゆれ動き、おじいちゃんとの最後のつながりが溶《と》けてなくなるのを見ながら、気持ちは沈《しず》みこんでいった。アトリエをおおう夜の影《かげ》は、わたしをあわれむように肩《かた》のところで動きを止めたような気がする。そして、暗がりを通してじっと見つめると、それまでずっと卵だった絵の下に、空を飛ぶ鳥の姿が見えた。

3

ジャックが死んでから、わたしはあんまり眠《ねむ》れない。容赦《ようしゃ》のない夏の暑さのせいでなおさらだ。それに、この古い家は、夜の間中ギシギシ音を立てたり、変な悲鳴をあげたりするせいもある。

ほとんど毎晩、シーツも敷《し》かずに寝《ね》っころがって、昼のあいだには考えないようにしてきたことをあれこれ考えながら、寝返《ねがえ》りばかり打っている。

明日はなにを食べたらいいんだろう？　この暑さのせいで、庭のトマトは全滅《ぜんめつ》しないだろうか？　もう一度水やりにいくべき？　二階のトイレがまた故障したら、わたしに直せるだろうか？　もし、修理をたのんだら、水道屋さんは現金の代わりにしなびたキャベツを受け取ってくれるだろうか？

そして、今晩、疑問のリストにまたひとつ加わった。

どうしてジャックは、絵の上に別の絵を描《か》いたんだろう？　キャンバスと額縁《がくぶち》を節約するため？　それとも、なにかを隠《かく》そうとした？

そもそも、あの絵の下にはなにがあるんだろう？

夜中の三時ころ、わたしは起き上がって猫脚《ねこあし》の大きなバスタブに張った冷たい水に長い時間つかって、体を冷やした。それからまたネグリジェをはおって、びしょぬれのまま古い金属製の扇風機《せんぷうき》の前に寝《ね》そべった。いつもなら、そこまですればなんとか眠《ねむ》れる。でも、今晩は無理だ。四時十五分には気温が上がりはじめ、ぼんやりと外が明るくなってきた。わたしはアトリエにむかって階段をのぼった。手には二階のバスルームで見つけた消毒アルコールと、ジャックの古いTシャツを持っている。

アルコールは、びっくりするぐらいかんたんに表面の絵の具を落としてくれた。そして、日が昇《のぼ》るころには、わたしとおじいちゃんとの最後のつながりだったもののほとんど全部が、ぼろTシャツに乗り移っていた。明かりの中でよく見ようとあとずさりした。

わたしはニューヨーク最大の美術館の中で育ったようなものだ。ほかの子たちがジャングルジムによじのぼって遊んでいるとき、わたしはメトロポリタン美術館やグッゲンハイム美術館、ホイットニー美術館やMOMA《モマ》、つまりニューヨーク近代美術館の床《ゆか》にすわりこんで、スケッチをしているジャックのとなりでクレヨンでお絵描《えか》きをしていた。五歳《さい》になるころにはピカソの絵を見つけられるようになっていたし、マネとモネのちがいも知っていた。

そしてもちろん、ひと目見れば聖母子像だって見分けがつく。わたしの目の前にある絵は、つつしみ深く、悲しそうな、眼《め》の大きなマリアだ。ひざの上ではイエスが眠《ねむ》っている。赤《あか》ん坊《ぼう》は一歳《さい》ぐらいだろうか。外側の腕《うで》を母親の足の方にだらりとたらしている。そして、その手からあやうく逃《に》げたかのように、一羽の小鳥が飛んでいる。そう、あの卵におおい隠《かく》されていた鳥だ。

サインはないけれど、絵のいちばん下の部分にリボンのようなものが描《えが》かれていて、そこにはラテン語らしき文字が一行ならんでいる。

PANIS VITAE / QUI SURREXIT SED NON SURREXIT / PLENISSIMOS NUTRIVIT / ET ANGELUM CURARUM CURAVIT

何分もたたないうちにいくつかの結論に達していた。

まず、とても古い絵のようだ。おそらくルネッサンス期のイタリアのものじゃないだろうか。

それから、どうやら本物のようだ。大きな美術館で見られるような。

ずいぶん高そうだ。もしかしたら、莫大《ばくだい》な価値があるかもしれない。

でも、それは不思議だ。代々《だいだい》伝わっていたテンペニー家の絵画コレクションの価値のあるものは、とうのむかしに売り払《はら》われている。ジャックは絵描《えか》きではあったけれど、収集家ではなかった。ジャックがあがめる画像といえば、スケッチや習作、本や雑誌の切り抜《ぬ》きといったたぐいのものばかりで、参考のために壁《かべ》に画びょうでとめられていた。わたしが知る十三年間、見えないところに隠《かく》したりしていなかったし、たぶんそれ以前からずっとだろう。

その点がとても気になってしまう。というのは、ジャックはただの絵描《えか》きじゃなかったから。自分が描《か》いた作品だけで家族をちゃんと養っていける画家は、なかなかいない。たとえどんなに質素に暮らしたとしても。だからジャックにも、もうひとつの仕事があった。警備員だ。メトロポリタン美術館の。しかも、ヨーロッパ絵画部門の。

そこから、もうひとつの結論に達した。この絵は、ジャックが盗《ぬす》んだものかもしれない。

ジャックはいつもいっていた。人生はランチのためには止められない。けれども、人生のためには、ランチを止めるわけにはいかない。わたしたちは、どうしたって食べなくちゃいけないんだから、その朝もいつも通り庭にでた。卵を集め、どの卵を今日の『名誉《めいよ》の卵』に選ぶか考え、一日分のインゲンマメとビーツを収穫《しゅうかく》した。もちろん、サラダにするためだ。朝ごはん以外の食事には、毎回、なんらかの豆料理をだしていて、その結果、おならもでてしまう。ジャックとわたしは、おならのことを「テンペニー家のシンフォニー」と呼んでいたけど。ビーツはもっと使い勝手がいい。夏には太目の千切りにしてサラダにいれ、秋にはゆでる。冬にはあつあつのボルシチになるし、春になって食糧《しょくりょう》貯蔵庫が空になり、野菜の植え付けにはまだはやいころには、酢《す》漬《づ》けのビーツの出番だ。

だけどわたしは、ビーツが大嫌《だいきら》い。

でも今日は、雑草を抜《ぬ》いたり水やりしたりしながら、日ごろの不満や不安は全部脇《わき》に置いて、新しく芽吹《めぶ》いた心配ごとに頭を悩《なや》ませていた。

盗品《とうひん》を持っているのはどんな罪になるんだろう？　家族まで刑務所《けいむしょ》にいれられてしまうんだろうか？　それが十三歳《さい》の子どもだとしても？　その子は盗《ぬす》みにはかかわっていないとしても？　その子が、盗品《とうひん》を見つけて、返したらどうなるんだろう？　盗《ぬす》まれた絵を見つけたごほうびに、報奨金《ほうしょうきん》がもらえる？　それとも、泥棒《どろぼう》の家族に損害賠償金《ばいしょうきん》が請求《せいきゅう》される？　もし、その泥棒《どろぼう》の家族の全財産が三百八十四ドルと、よく卵を産むニワトリたちだけだとしたら、どうなるんだろう？

ドアがしまる音におどろいて、ニワトリたちがバタバタとはばたいた。髪《かみ》の毛を高く結《ゆ》い上げ、指にマニキュアをした女の人が、裏庭のフェンスのむこうに姿をあらわした。目には意地悪げな光をたたえている。

「この騒《さわ》ぎはなんですか?」マダム・デュモンがいう。わが家のおとなりさんで、母さんに紅茶をおし売りしている人だ。「みすぼらしい鳥たちを静かにさせておけないのですか?」

実際にはフランス語なまりが強すぎて、よくわからないけど。

スピニー通り二十番地に住んで五十年にもなるのに、アンヌ・マリー・デュモンは、いまだにたったいまベルサイユ宮殿《きゅうでん》からやってきたばかりみたいに話すし、ふるまう。ジャックによれば、マダム・デュモンがやってきたのは一九六〇年代で、ジャックが二軒《けん》つづきのとなりの家を売って、新しいオーナーが借家として貸しだしたときのことだ。マダム・デュモンの文句は引っ越《こ》してきてすぐにはじまったらしい。ジャックがきくジャズは耳ざわりで、油絵の具のにおいはくさくてたまらないし、ニワトリたちはやかましすぎる。となりの家のオーナーが亡《な》くなって、お気に入りの住人にゆずってしまったときには、ジャックはおそれおののいた。そのお気に入りの住人というのがマダム・デュモンだ。

「ひと晩中、眠《ねむ》れませんでした。うるさくて」マダム・デュモンはご立腹のようだ。「ずっと、ココリコ、ココリコ、いってましたから」

「ココリコ？」わたしは足元のニワトリたちに目をやった。「それって、コケコッコーのこと？　どっちにしても、それはおかしいよ。だって、この子たちは全部雌鳥《めんどり》で、雄《おす》は一度も飼ったことないんだから」

「そうだとしても！」マダム・デュモンはいつだって、そのひとことで口論を終わらせる。わたしはまちがってたかもしれませんが、それでも、わたしの勝ちですからね、という意味だ。

「あらあら、それから、もうひとつ」マダム・デュモンはドアの手前で立ち止まってふりむいた。「あなたのお母さまのお茶代をいただいてませんよ。あなたのおじいさまが、倒《たお》れて、というかお亡《な》くなりになってからずっと。あなたのおじいさまにはたくさん欠点がありました。無礼だし、怒《おこ》りっぽいし、ガンジョウだし……」

「強情《ごうじょう》？」

「その通り。お宅の家族は人の話をきかない方ばっかりだと思ってますが、おじいさまはいつも代金をきちんきちんと払《はら》ってくださってました」マダム・デュモンは鎖骨《さこつ》のあたりの汗《あせ》を、おしゃれなハンカチでぬぐいながらいった。

「いくらなんですか？」わたしはドキドキしながらたずねた。

「二百十四ドルです。それと七十三セント」

ゲロを吐《は》きそうになった。

「どうして？　いったいどうして、母さんにそんなに売りつけたの？」

「あらあら、あなたのお母さまがアジアのめずらしいお茶がお好きなのは、わたしのせいだとでも？　とにかく、お母さまはちゃんと払《はら》ってくださいました。あのときまでは……」マダム・デュモンはジャックの死をほのめかした。

「ええ、そうよ！」わたしは強い口調でいった。「あのときまでは！　わたしたちの状況《じょうきょう》が変わったのは、わかってるでしょ」

「苦しい立場にいるのは、自分だけだとでも？　フン！　わたしにはなんにもなかったし、だれもいなかったんです。でも、わたしは自分の力でこのお店をはじめたのです。そして、ずっとつづけてきた。たったひとつの秘訣《ひけつ》は、料金をきちんきちんと払《はら》ってもらうことだったんです。いっさい、まけたりしないでね」

マダム・デュモンが孤児《こじ》で貧しかったことを持ちだされたら勝ち目はない。

「お願いです」わたしはフェンスを両手でつかんでいった。「マダム・デュモン、どうかわかってください。いつになるかわからないし、どうやって払《はら》うかもわからないけど、いつかかならず払《はら》いますから。そうだ、なにか代わりに……」なにか、代わりになるものがないかと、必死でまわりに目をやった。リンゴ？　卵？　ビーツ？

「いいえ。なんとかしてください。ああ、それから」マダム・デュモンは、しめかけたドアをもう一度あけた。「お母さまに会ったら、新茶のゴールデン・アッサムは今日はいるって伝えてくださいな」

なんだって？「いまいったばかりでしょ、うちにはそんな余裕《よゆう》はないの」

バタン。マダム・デュモンは勢いよく家の中にはいってしまった。

わたしは、カッカしながら母さんに朝食のオートミールと紅茶を運んだ。今後いっさい、紅茶を買わないでと伝えようと思いながら。でも、ナイトテーブルの上の写真に気を取られてしまった。それは、いまのわたしぐらいの母さんが、ジャックといっしょに写った写真だ。

「母さん、おはよう」

母さんは、数字や記号やなぐり書きの線に夢中だ。

「ねえ、母さん！」わたしは母さんの肩《かた》をたたきながらいった。「ジャックのアトリエにある、卵の絵、わかる？」

母さんはわたしの方に顔をむけた。一瞬《いっしゅん》、霧《きり》が晴れたように見えた。

「ええ、わかるわ。あの卵の絵ね。わたしが小さかったころ、ジャックは毎朝わたしに、鳥小屋でいちばんりっぱな卵を選ばせたの。そして、その卵をあの絵の下の小さなお皿に置いたわ。すると、ジャックはいつもおなじことをいってた」

「『新しい一日、新しいはじまり、新しい目標にむけた新しいチャンス』でしょ」

母さんはにっこり笑った。母さんが微笑《ほほえ》むところを見るのはずいぶん久しぶりな気がする。

「そう、それそれ。『新しい目標にむけた新しいチャンス』」

「それって、あの絵は母さんが小さかったころからあるってこと？」

「ええ。もういいでしょ」母さんはそういって机にむき直った。「いま、ちょうどだいじなところなの」

ジャックのアトリエで、わたしは目をいったりきたりさせていた。新しく発見した絵と、いまとなっては少なくとも四十年以上そこにあったことがわかった、絵のかかっていた壁《かべ》にあいた色ちがいの四角いスペースとのあいだを。

わたしはどうにか冷めかけたオートミールに意識をもっていって、落ち着こうとするけれど、つい、いろいろと考えてしまう。

万が一、この絵が有名な画家の知られざる作品だったとしたら、世界中の大金持ちの収集家たちが買い取ろうと群がってきて、どんどん値段をつり上げあったりするんだろうか？

この絵には、なんだか奇妙《きみょう》なぐらいに親しみを感じる。ひと目見た瞬間《しゅんかん》、頭の中でカチッと音がして、それがだれの絵なのか、いまにもわかるような気がした。理由はわからないんだけど。かゆい場所があって、あちこちかいてみても、ここだ、という場所が見つからないようなじれったい気持ちだ。

午前中、気づくといつのまにかその絵の前に吸い寄せられるようにもどっていた。庭仕事や家事のあいまあいまに、なにもかもが崩《くず》れ落ちてしまったような家の中にある、その「美」の前にすわりこんでいた。

ジャックは、わたしをつれて美術館の中を歩きまわるときには、いつも大きな声で叫《さけ》んだものだ。

「ほら、見なさい！　しっかり見るんだ！　おまえはぜんぜん見てないじゃないか。そんなのはただ、目をむけてるだけだ。おまえのは」ジャックはつぎのことばを、まるでいかがわしいことでもあるかのように吐《は》き捨てた。「ウィンドー・ショッピングだ」

「この画家は、おまえになにを訴《うった》えようとしてる？　この絵には、メッセージがこめられているんだぞ。そのメッセージは感情かもしれない。ある瞬間《しゅんかん》かもしれないし、世界にむけられたレンズかもしれない。あるいは、ただ単に、ひとつの色であるという状態を訴《うった》えているのかもしれない。でもな、上《うわ》っ面《つら》だけをながめていたら、ただの肖像画《しょうぞうが》や、聖人、神話だの、人物画にしか見えないんだ。おまえには物語は見えているかい？　その意味は？」

だからわたしは見た。ただ、見るだけじゃない。わたしはすわって絵にどっぷり浸《ひた》った。そして、見れば見るほど、いろいろなものが見えてきた。

モデルの美しい顔、繊細《せんさい》なタッチの背景、聖母のドレスの優雅《ゆうが》なひだの下には、はっきりと本物のひざがあるように感じられる。そのどれもこれもが、この絵が真の巨匠《きょしょう》の手によるものだと語っている。ジャックが働いていた美術館に飾《かざ》られているような本物の巨匠《きょしょう》だ。

でも、その美しさの芯《しん》には、痛みと悲しみが隠《かく》されている。砂粒《すなつぶ》の痛みが貝の中で真珠《しんじゅ》を育てるような。絵の全体から、メランコリーが感じられる。いや、メランコリーなんかじゃなく、まぎれもない悲しみだ。

たとえば聖母マリア。一見、なにもかもが動きまわるように配置された要素の中心にどっしりとかまえていて、穏《おだ》やかでゆるぎなく見える。でも、長く見ていればいるほど、その穏《おだ》やかさがあきらめに見えてくる。マリアは自分の右手を胸に当てている。でも、その動作が愛情をあらわすものなのか、心の痛みをあらわすものなのか、わたしにはわからない。

幼子イエスは、賢《かしこ》そうでぽっちゃりとした愛らしい姿で描《えが》かれるのがふつうなのだけれど、この絵では、お母さんのひざの上で、ずいぶん重そうに見えるし、顔はやせこけ、腕《うで》はだらんとたれている。

聖母子の後ろには、まるで第三の人物のように、ごつごつした、葉をつけていない小さな木が立っている。そして、その木の背後には、遠くに山や緑豊かな風景が広がっていて、そのさらに奥《おく》には、暗い雲が寄り集まっている。


もちろん、そのあいだにも、わたしはビーツを酢漬《すづ》けにしたり、二階のトイレ掃除《そうじ》をしたりしなくちゃならなかった。それでも、昼になるころには、その絵も、家事も、わたしを蒸《む》し暑い家にとどめておくことはできなくなっていた。

母なる自然は、その日、街の肩《かた》に湿《しめ》ったウールのセーターをまとわりつかせた。なにもない夏の日々《ひび》には、選択肢《せんたくし》はほとんどない。地下鉄代で三百八十四ドルに手を付けるわけにはいかないとなるとなおさらだ。いつもなら、いちばんに選ぶジェファーソン・マーケット図書館にいくわけにはいかない。借りている『フラニーとゾーイ』が見つかるまでは。ハドソンリバー公園の栈橋《さんばし》の上にはいつも風が吹《ふ》いているし、ワシントンスクエア公園には、足を浸《ひた》せる噴水《ふんすい》がある。エアコンのきいた最新式の大型書店という手もある。おなじくエアコンのきいた洋服屋もいいけど、あんまり長居すると警備員がつきまとってくるのが難点だ。

わたしは六番街のあるチェーン店の前を通りすぎた。ドアは全開になっていて、エアコンの空気が歩道まで流れてきていた。それで心が決まった。あの本屋さんならまちがいなく涼《すず》しいだろう。それに、好きなだけすわっていられる。

ところがその瞬間《しゅんかん》、空がとうとうくしゃみをして、どしゃ降りの雨になった。

身につけているのが、一九五〇年代製のナイロンのスリップとおじいちゃんのお古の白い肌着《はだぎ》、ハンカチ二枚とスエットパンツから引き抜《ぬ》いたゴムで作ったブラだとしたら、どしゃ降りの雨にぬれるのはなんとしても避《さ》けたいものだ。そこでわたしは、本屋めざしてかけだした。でもちょうどそのとき、声がきこえた。

「おーい、嬢《じょう》ちゃん！　こっちにはいんなよ！」

ふり返るとニューシティー食堂《ダイナー》のオーナー、カツァナキスさんがドアをあけて立っていた。カツァナキスさんとは家族ぐるみのおつきあい、っていうわけじゃない。それどころか、おじいちゃんのリストに載《の》っていた。わたしがひそかに『厄介者《やっかいもの》リスト』と呼んでいたリストだ。ジャックには個人的なうらみつらみを書き連ねた分厚いリストがあって、そのほとんどが知り合いに対してや、納得《なっとく》のいかない美術論、政治、スポーツでのライバルや、借金（もしくはお金そのもの）、駐車違反《ちゅうしゃいはん》をしている車やゴミ缶《かん》の置き場所についてやなんかだった。そして、ジャックが嫌《きら》っていたものは、ジャックのよき部下として、わたしも嫌《きら》いだ。だから、こんなところをジャックに見られたら……。

「おいおい、まるでずぶぬれの野良犬《のらいぬ》みたいじゃないか。さあ、はいりなって！」

乾《かわ》いたボックス席に置き忘れのニューヨーク・ポスト紙、さらにエアコン。それに対するのは、長いあいだ忘れていたささいなもめごと。わたしは中にはいった。

「昼は食べたかい？　腹はすいてないか？」

なんて答えたらいいんだろう？　食べることは食べた。でも。ここ一か月は腹ペコだ。わたしはうなずいた。

「さあ、すわって」カツァナキスさんは大きな声でそういって、きれいな布巾《ふきん》をカウンターの上に投げてよこした。スツールにすわって布巾《ふきん》でぬれた頭を拭《ふ》いているあいだ、カツァナキスさんはミートローフにマッシュポテトとインゲンマメをそえたお皿をわたしの前に置いた。蒸《む》し暑い真夏の日に食べたいようなものではないけれど、手づかみで食べないように自分をおさえるのがたいへんだった。肉なんて、もう何か月も見ていない。

「さあ、どうぞ」カツァナキスさんはそういって、皿をわたしの方におした。それから、ふんぞりかえるようにすわり直して、エプロンの前で腕《うで》を組んでいる。自分が気前のいいところを誇《ほこ》っているみたいに。

「このところ、ちゃんと食べてるのかい？」カツァナキスさんがたずねた。

その質問に、ジャックに対する罪悪感を覚えた。

「はい、たっぷり」わたしは口いっぱいにマッシュポテトをほおばったまま答えた。

「ハハ！」カツァナキスさんの笑い声は、ライフルの銃声《じゅうせい》みたいだった。「ハハハハッ！　だからオオカミみたいにがっついてるってかい。ミートローフに襲《おそ》いかかるオオカミみたいだぞ、ハハ！」

「ほんとに、もう十分です。ありがとう」わたしは皿をおして遠ざけた。たぶん、はっきりとしかめっ面《つら》になっているだろう。

「いや、悪かったな、嬢《じょう》ちゃん」カツァナキスさんはそういって皿をおし返した。「頑固《がんこ》なんだな、じいさんゆずりで。だがな、だからって、気むずかしくならなきゃってことはないんだ。

おまえさんは腹をすかしてる。おれには食べ物がある。だから、おまえさんは食べる。腹がすいたら、いつだって来ていいんだ。わかったな？」

「はい」わたしはそうつぶやくと、ためらいをかなぐり捨てて、ふたたびミートローフを食べはじめた。

「おまえさんのじいさんは……」カツァナキスさんはそこで大きなため息をついた。「ジャックはいいやつだった。気に食わないところはあったがね」

「ジャックもカツァナキスさんのこと、おなじようにいってました。ただ、気に食わないじゃなくて、しゃくにさわる、だったけど」

カツァナキスさんが目を細めて、すごむような顔をした。それから、ポンと立ち上がった。

「ハハ！　ジャックのいう通りだ。おれたちは似た者どうしさ」それから、やさしい目でわたしを見た。「おまえさんもかもしれないな」

ドアベルがチリンチリンと鳴って、観光客の団体さんがはいってきたので、カツァナキスさんは動きはじめた。

「あの、カツァ、カツァ……」

「ミスター・Ｋでいいよ」

「じゃあ、ミスター・K。ありがとう。それだけ」

ミスター・Kがわたしの方を見て、おどけたように、眉《まゆ》をぴくぴく動かしているのにはおどろいた。こんな陽気な人だとは知らなかった。それから、ミスター・Kは大きなプラスチックのメニュー表をふりまわしながら歩き去った。

わたしはふたたび食事に集中した。ミスター・Kに対する罪悪感はいったん忘れて、幸せな気分だった。どこかにポスト紙がないかと、見回していると、わたしのすぐ後ろの席に、わたしとおなじ年頃《としごろ》の女の子がひとりですわっているのに気づいた。

この街でひとりぼっちの女の子を見かけるのはめずらしい。ジャックはわたしが八歳《さい》になると、ひとりで歩きまわらせてくれるようになったけれど、よく孤児《こじ》なのではないかと心配された。ひとりででかけるたびに、だれかが立ち止まって、迷子になったのかとたずねてきた。最近になっても、わたしとおなじ年頃《としごろ》の子たちは、肩《かた》を組んだり、一台のゲーム機やスマホからイヤホンをつなげたりして、ほとんどいつも群れ固まっている。

「あれはお前たちの世代の大問題だな」ジャックはいっていた。「自分の代わりに機械に考えさせてるんだからな」

実際に、後ろの席のその女の子もスマホに夢中で、ときどき画面をたたいたり、スワイプしたり、ときには話しかけたりしている。ダイナーの席にすわっているからいいようなものの、歩道を歩いているときには気をつけないといけない。スマホに夢中な人はまわりのことなどぜんぜん気にしないで、平気で他人にぶつかってきたりするんだから。

「なにか用？」

とつぜんそういわれて、わたしはその子をずっと見つめていたことに気づいた。あわてて、その子の頭のむこうのなにかが気になっていたようなふりをしたけど、むだだった。

「いっとくけど、サインなんかする気はないからね」

サイン？　ということは、この子は有名人ってことなんだろうか。でも、だれ？　有名人についての知識なんて、新聞スタンドで見かける程度だけど、この女の子はセレブのようには見えない。白いボタンダウンのシャツをハイウエストのカーキ色のパンツにインしていて、黒っぽいつやつやの髪《かみ》を長いツインテールに編みこんで、両耳の後ろにたらしている。ポップスターというよりは、GAP《ギャップ》で働くポカホンタスといった感じだ。

わたしは知らないうちに口の横からシューという息を吐《は》いていた。「そーなんだ。だけど、サインなんかほしくないんだけど」

「写真もだめだから」

「そっか、それはきいてよかった。だって、わたしはカメラなんて持ってないから」

それをきいて、その子はすごくおかしいと思ったらしい。「はいはいそうですか、ハハ！どうせスマホをひっぱりだそうとしてるんでしょ」

「それも持ってないし」

それをきいて、その子はびっくりしたようにわたしを見た。「うそ？　じゃあ、どうやってメール送るの？」

わたしは肩《かた》をすくめた。

「なるほど、メールはパソコンを使うってことね。だけど、電話は？　まさか公衆電話とか？」

あやうく、電話をかける相手なんていないと説明しかけたけれど、もう一度、肩《かた》をすくめた。

「ワオ！　それって、すごくクール。未来にタイムトラベルしてきたむかしの人と会ってるみたい。『未来への帰還《きかん》』みたいに。知らない？」

「えーっと、……それは本？」わたしは思い切ってたずねてみた。

「本？　ちがうよ、映画だって。去年の夏公開されたでしょ。アメリカで三億ドル、全世界だと七億ドルも稼《かせ》いだんだよ。続編はポストプロダクション中で、来年の夏には封切《ふうき》りされる。

だけど、まずはオリジナルをダウンロードしてみるべきだね」

「うん、わかった」意味がわかったことばは三つぐらいしかなかったけれど、そう答えた。

その子はスマホをおろすと、ちらっとわたしの顔を見た。

「それで、あんたはほんとうにわたしがだれだか知らないの？」

「知り合いだっけ？」

その子はにっこり微笑《ほほえ》んだ。まぶしいとしかいいようのない、真っ白で完璧《かんぺき》な歯並びの歯がのぞいた。

「ちがうよ、ぜんぜん」その子は立ち上がると、カウンターのわたしのとなりに席を移った。「わたし、ボーディっていうの。あんたは？　近所に住んでんの？」

「わたしはセオ。スピニー通りに住んでる」

「ほんとに？　わたしも！　先週、引っ越《こ》してきたばっかりなんだ」

「じゃあ、あの家なの？　うじゃうじゃと……」

「パパラッチがいる。そう。あいつら、大嫌《だいきら》い」

「ということは、ご両親は……」

「ジェシカ・ブレークとジェーク・フォードだよ」

ちゃんと名前をいってもらって助かった。というのも、映画俳優のふたりの顔は、ニュース・スタンドで見たことがあるけど、名前はさっぱりわからなかったから。そんなのわたしのポップ・カルチャーの知識をはるかにこえてる。

「大きな家だよね」わたしはさぐるようにそういった。あのブロックで、わたしたちの家より大きいのはあそこだけだ。それに、うちよりはるかにはるかにすてきな家だ。

「うん、いい家だと思うよ。でも、まだ引っ越《こ》しが終わってないし、改装も途中《とちゅう》だから落ち着かなくって。だから、一日中でかけるようにしてるんだ。この店はわたしの第二の家みたいな感じ」

「ご両親は心配してないの？」わたしの知るかぎりでは、お金持ちの家族ほど、子どもを監視《かんし》しているものだ。

「だれが心配するっていうの？　ママはモロッコで新しい映画の撮影《さつえい》中だし、パパは一日中ブルックリンのスタジオにこもってる。それから、うちには使用人が八人いるんだけど、おっと、使用人なんていうと怒《おこ》られるんだった。『チーム・メンバー』っていわなきゃね。とにかく、家に家族以外に八人もいるから、みんなほかのだれかがわたしのことを監視《かんし》してるって思ってるんだ」ボーディはカウンターごしに中をのぞいた。「そうだ、パイでも食べない？　おごるよ。

ねえ、ミスター・K、ココナツ・パイをふたつね！」

最初がミートローフで、デザートにパイ？　うん、最高だ。

カツァナキスさんはカチャカチャと音を立てながら、わたしたちの前に皿を二枚置くと、厨房《ちゅうぼう》にもどって、コックさんたちに大きな声で指示を送っている。

たった一度の大雨のあいだに、このあたりでいちばん変わり者の部外者だったわたしが、地元のダイナーに立ち寄ってオーナーと気軽に会話を交《か》わし、友だちとパイを分け合うような女の子に大変身をとげた。

なんだか、悪い気はしない。

「ねえ、ちょっと」ボーディが下を見ていった。「わたしも、そんなスニーカー持ってたんだ！　オンダワンがくれたんだよ。ヒップホップのアーティストなんだけど知らない？　知らないか。去年、映画でパパと共演したんだよね。せっかくもらったのに、二、三回はいたら、もう小さくなっちゃって。セオはどこで手にいれたの？　限定で、たしか三足しか作ってなかったはずなんだけどな」

「それより、そのシャツ、いいね」わたしは、なんとか話をそらそうとした。

「これが？」ボーディはフンと鼻を鳴らしながらいった。「これは、パパラッチ用のユニホームなんだよ。わたしはね、なにがあっても、毎日おなじ服を着てる。あるロックスターを参考にしたんだけどね。その人はかならずおなじかっこうでジョギングしてるんだ。それだと、パパラッチの撮《と》る写真はどれもこれもおなじようなものになって売れなくなるでしょ。パパラッチもほうっておいてくれるってこと」

「だけど、暑くない？」

「暑いよ。汗《あせ》でびしょぬれ。なんのために、このダイナーに一日中いると思ってんの？　エアコンがあるからだよ」

それから、わたしたちは黙々《もくもく》とパイを食べた。わたしたちはどちらも、共通の話題を思いつけなかった。

「これから、あんたのうちにいくっていうのはどう？　テレビでも観《み》ようよ」ボーディはカウンターにお金を置いて、ポンとスツールから飛び降りた。

わたしはためらった。家にお客さんがきたのは、もう何年も前だ。いや、何十年？　少なくとも、わたしは友だちを呼んだことなんて一度もない。というか、友だちなんてこれまでひとりもいなかった。

それに、このダイナーにいるかぎり安全だ。ここなら裏庭のニワトリたちもいないし、いまにもこわれそうな家の心配もしなくていいし、変わり者の母親もいない。ここにいちゃいけないんだろうか？　ここにはパイがある。エアコンもある。それ以上、なにが必要だっていうんだろう？

「さあ、いこうよ」ボーディはもうドアをあけている。「『アメリカズ・ゴット・リアリティ・スターズ』マラソンがはじまるよ」

自分でもおどろいたけれど、わたしは思わずいっていた。「そっか。でも、うちにはテレビがないんだ」

わたしは、パイの残りをナプキンに包んで、バッグにいれて店をでた。

4

わたしの目には日々《ひび》どんどん荒《あ》れ果てていくように見えたものが、ボーディの目を通すと、とても魅力《みりょく》的なものに見えたようだ。わたしは、あらためてこの家をはっきりと見つめた。壁《かべ》や天井《てんじょう》のしみ、ほころびだらけのカーペット、廊下《ろうか》はジャックが路上から拾ってきたガラクタに占拠《せんきょ》されている。わたしはわが家の歴史や、歩道で見つけた宝物やなんかのことを、だまりこくったボーディの沈黙《ちんもく》を埋《う》めるように、早口でまくしたてた。ボーディの目は家の奥《おく》へはいればはいるほど、どんどん大きく見開かれていった。

キッチン（冷蔵庫の下の水漏《みずも》れ、ラジエーターの下のネズミの糞《ふん》）をさっと案内しおわると、今度は庭につれていった。

「それで、うちの食糧《しょくりょう》のほとんどはこの庭で育ててる。わたしたちはチリ味のマカロニチーズとか、ふつうの人が食べるようなものを買ったりしないんだ。わたしたちはここで育ててる。市場で売ってる高い野菜よりずっとおいしいしね。それに、ニワトリも飼ってる。その子はアデレード、そっちの小さい子はアルテミシアで、すぐ目をつつこうとする。みんなそこの鳥小屋で育ったんだ。どの子もすごくおとなしいんだよ。雌鳥《めんどり》ばっかりで雄鶏《おんどり》はいないから。それなのに、おとなりのマダム・デュモンは……」わたしは声を落とした。「いつも、うるさくて、朝、目が覚めるって文句をいうんだ。それに臭《くさ》いって。だけどほら、そんなことないでしょ？」わたしはそこでことばを切った。これ以上なにをいったらいいのかわからない。庭中に、重苦しい沈黙《ちんもく》がただよっている。

ボーディは根っこが生えたみたいに突《つ》っ立っている。それから、ゆっくりと首を横にふった。そして、とうとうつぶやいた。「これって、……めちゃくちゃ、……すっごいじゃん！」

ボーディは野菜にそっと手をふれたり、足でニワトリをつついたりしながら、ゆっくり庭を歩きまわっている。最後に顔を上げると、その顔は興奮で光り輝《かがや》いていた。

「ほんとにクールだよ。マジで。びっくりだよ。完全にやられた。そうそう、それでテレビもないんだよね？」

「うん、一度も持ったことない」

ボーディはひとりでうなずいている。「それって、ハードディスク・レコーダーも、ＤＶＤも、ビデオレコーダーもないってこと？」

「うん」

「なるほどね、おもしろい。食器洗い機はどう？」

「ないよ」

「洗濯機《せんたくき》は？」

「グローブ通りのコインランドリーにある」

「うんうん、まさか、パソコンもないなんてことはないでしょ？」

「図書館の端末《たんまつ》を使ってる」

ボーディは疑わしげに目を細めている。「トイレは？」

「それはあるよ、あたりまえでしょ」変わり者と思われるのと、不潔だと思われるのとでは大ちがいだ。

「ごめんごめん、きいてみただけ」そういいながらも、ボーディは庭を見回して、屋外のトイレ小屋を探してるみたいだ。

「ほんとだってば。トイレはちゃんとふたつある。二階のは古いタイプで、チェーンをひっぱって水を流すやつだけど」

「クール！　全部見せて！　さあ、競争だよ」

ボーディはそういうと、わたしが止める間もなく、家の中にかけこんだ。階段をのぼる足音が響《ひび》いている。

「この部屋はなに?」三階から声がする。

わたしがジャックのアトリエに着いたときには、ボーディはすでに、重ねて置いてあるジャックの絵につぎつぎと目を通し、気に入ったものをひっぱりだしていた。

「わたし、この絵が好き」ボーディは壁《かべ》ぐらい大きな抽象画《ちゅうしょうが》をひきずりだしながらいった。「それに、こっちの絵の色も好きだな。パパもこんな絵を一枚、瞑想室《めいそうしつ》に飾《かざ》ってる」

ボーディは炉棚《ろだな》の上に置いてあるあの絵を見つけて、一瞬《いっしゅん》動きを止めた。「だけど、あれはなに? ほかの絵に比べたら、ずいぶん古臭《ふるくさ》く見えるけど。そうじゃない?」

今度はわたしが動きを止めた。おじいちゃんが何十年にもわたってあの絵を隠《かく》していたことを考えた。そして、わたしに「宝物」として残したことも。ボーディがなにを思い、どんな行動をとるのかはさっぱり想像がつかないし、だれに話すのかもわからないのだから、用心にこしたことはない。

なのにわたしは、暑さのせいか、なにもかも話してしまった。絵のこと、ぼろ布のこと、ジャックの最期《さいご》のことばのことも一から十まで。

どうやら、ボーディはすっかり惹《ひ》きつけられてしまったようだ。

「あのさ、聖母子像っていったよね？」ボーディはそういうとスマホをひっぱりだして、何枚かあの絵の写真を撮《と》った。それから、グーグルで検索《けんさく》をはじめる。「ほら、見て。聖母プラス子どもプラス絵プラス鳥で検索《けんさく》すると……うわっと、二百万件もヒットした！　それじゃあ、聖母と眠《ねむ》ってる子どもと飛んでいる鳥だと……」

「あんまり役に立たないと思うよ。たぶん、その項目《こうもく》で見つかる絵は何千枚もあると思うから」ジャックに教わった美術の専門用語がつい口をついてでてきた。「それはルネッサンス期の一般《いっぱん》的なコンポジションで、チンクエチェント、つまり千五百年代には……」

「それで、この絵は、なんていうか、家宝みたいなものなの？」

「それがよくわからないんだ。でも、おじいちゃんはメトロポリタン美術館で働いてた。警備員だったの」

ボーディの眉《まゆ》がおどろいたようにくいっと上がった。

「ヨーロッパ絵画部門で。だけど、おじいちゃんは……」

「ワオ！　おじいちゃんが家に持ってきたってこと？　おみやげに」

「ぜったいちがう！　なにかをこっそり持ちだすなんて無理だから。荷物は調べられるし、雇《やと》う前には身元をくわしく調べられるんだよ。それにあちこちに監視《かんし》カメラや警報装置がついてるし」わたしは手を伸《の》ばして金メッキされた精巧《せいこう》な作りの額縁《がくぶち》を軽くたたきながらいった。「まだ小さかったとき、わたし、ドガの絵の額にさわっちゃったことがあるんだ。そしたら、何千万のサイレンがいっせいに鳴りだした。この絵をおりたたんでポケットにいれて持ちだすなんてこと、できると思う？」

ボーディは一瞬《いっしゅん》考えこんだ。「前に、絵を額から切り取って、くるくる丸めてスーツケースにいれて盗《ぬす》むっていう映画を観《み》たことあるな」

「この絵は木の板に描《か》かれてるんだよ！　キャンバスじゃなくて。だから、たとえ額からはずしたとしても、このままそっくり運びださなきゃいけないんだよ」

「じゃあ、おじいちゃんは、どこで手にいれたの？　それに、どうして隠《かく》してたの？」わたしが答える前に、ボーディが自分で答えていた。「それが問題ってことか。ふたつの問題だよ。ね？」

わたしはうなずいた。

わたしたちは絵の前にならんで立っていた。

「で、だれが描《か》いた絵？」

「わからない。でも、なんだか見覚えがあるんだよね」

「サインは？　その下にあるのはなに？」ボーディは絵の下の方にならんでいる文字を指さしながらいった。

「それはサインじゃない。ラテン語だけど、意味はわからない」

ボーディはまたスマホをいじりはじめた。「そんなの、かんたん。ラテン語辞典を呼びだして、そのまま打ちこめばいいだけ。そうすれば、ほおらかんたん、最初の手がかりが手にはいるってわけ」

なんだか楽しくなってきた。ボーディがかかわりはじめてたったの五分もしないうちに、わたしひとりで午前中ずっと考えていたより、ずいぶん先に進んでいる。わたしは近くにあったスケッチブックとデッサン用のチャコールペンシルを手に取った。ボーディはてきぱきと例のことばを打ちこんでいる。あっというまに、結果がでた。


生きたパン、育てど育たず、ぽっちゃりに授乳し、医者の天使を癒《い》やす

「もっとましな翻訳《ほんやく》アプリはないの」ボーディはそうぼやいている。

ジャックは正しかった。機械に考えてもらった結果がこのありさまだ。

「ピカソの絵を数字であらわせると思う？　翻訳《ほんやく》ソフトなんか役に立たないと思うな」

「じゃあ、翻訳家《ほんやくか》にたのもう。ラテン語がペラペラの人、だれか知らない？　あんたの謎《なぞ》の発見のこと、警察にチクったりしないような人で」

わたしは微笑《ほほえ》んだ。「うん、ボーディのおかげでひらめいた。いっしょにいく？」

「いいよ、そんなに遠くないよね？　外はおそろしく暑いから」

わたしはほこりよけの布でプレゼントのように絵を包んだ。それから、ぐるっと見回して入れ物を探した。

「きっと気に入ると思うよ。すごくクールなところだから」


「この場所、クールって呼んでいいんだかどうだかビミョーだな」ボーディは教会堂の内陣《ないじん》を疑わしげにながめまわしながらいった。「だれかがでてきて、『あなたはイエスを愛しますか？』とかきいてこないよね？」

「ここはわたしの家よりずっと涼しい《クール》でしょ？」グレース教会に足を踏《ふ》みいれるってことは、夏を置き去りにして、十月中旬《ちゅうじゅん》に飛びこむようなものだ。薄暗《うすぐら》くて、外よりは確実に五、六度低い。靴をぬいで、大理石の床に足をじかにつけて冷やしたかったけど、神聖な場所を汚す行為《い》かもしれないと思って、ぐっとがまんした。

ボーディはそんなことなんかぜんぜん気にならないのか、信徒席に手足を伸《の》ばしきってすわっている。「で、なんでここにきたの？　懺悔《ざんげ》でもしに？」

「ちがうよ。少なくともそのつもりはないんだけど」正直なところ、教会についてはほとんどなにも知らない。この教会にくるのは、無料のイベントのときだけで、ジャックとふたりでオルガンコンサートに何度かきたけど、宗教がらみの用件でグレース教会に足を踏《ふ》みいれたことは一度もなかった。

テンペニー家は一八五三年以来、ずっとこのグレース教会の信徒だったらしいけど、それも、ジャックが無神論者になったところで終わった。何年にもわたって、ジャックは独自の信心カレンダーを作り上げてそれに従っていた。日曜日の朝には、ニューヨークのどこかの美術館にスケッチにいく。クリスマスには暖炉《だんろ》の前でサルトルの本を読んで、イースターの朝には庭仕事をする。わたしもジャックのスケジュールに従っていて、教会にはほとんど縁《えん》がなかった。いま、このときまでは。

ただ、いろいろな歴史の本で、聖職者はラテン語を読めるということは知っている。それに、いろいろなミステリーで、聖職者にはなにを話しても秘密にしてくれるというのも知っている。

その聖職者を呼びだすにはどうしたらいいんだろうと迷っていたら、いかにも聖職者風の衣《ころも》をきた、ぽっちゃりした女の人が祭壇《さいだん》の横の小さなドアからでてきた。その人は立ち止まって祭壇《さいだん》にむかって軽くおじぎをしてから、教会の出口の方にむかって歩いてきた。歩くたびに革《かわ》製《せい》のサンダルがキュッキュッと音を立てる。

「ごきげんよう。なにか御用《ごよう》かしら、お嬢《じょう》さんたち」出口まで半分ほど進んだところで、イギリス風の英語で話しかけてきた。

「あの、はい。聖職者さんを探してるんです」

その人はわたしたちの前まできて立ち止まった。くすくす笑っている。

「なら、わたしがそうですよ。牧師のセシリーです。セシリー牧師って呼んでください」その人はわたしの手を強く握《にぎ》った。「あなたのお名前は?」

「わたしはセオ。セオドラ。ほんとうは。だけど、セオって呼んでください」

「セオ・セオドラ、ようこそ」セシリー牧師はわたしの手をあたたかく包むように握《にぎ》ったままだ。「あなたがたがきてくれて、とてもうれしいのよ」

「あー、はい。ありがとうございます」わたしは手をひっこめて、ボーディのいっていたことは正しいんじゃないかと思った。セシリー牧師はいかにも「あなたはイエスを愛しますか？」とたずねてきそうだ。

「それから、こちらは友だちのボーディです」『友だち』といってすぐに、しまったと思った。でも、ボーディは気にさわったんだとしても、平然としている。信徒席にすわったまま、小さく手をふっただけだ。

「いらっしゃい。ボーディだなんて、すてきなお名前。サンスクリット語で『悟《さと》り』っていう意味ね。ご両親は仏教徒なのかしら？」

ボーディはひじを支えにして背筋をのばした。「わたしが生まれたときはそうだったみたい。少なくとも、パパとママの導師《グル》はそうだった」

「ああ、なるほど。それで、今日はどんな御用《ごよう》で？」セシリー牧師の目は、わたしが屋根裏部屋で見つけた一九七〇年代製の青いハードタイプのサムソナイト社製のスーツケースに注がれた。あの絵は、この中にしっかりおさまっている。

わたしは足の後ろでスーツケースを動かした。「わたしたち、ラテン語を読める聖職者さんを探してるんです。だけど、……。えっと、わたし知らなくて、女の人が……」

「聖職者になれるかどうか？　ここは英国国教会派の教会で、女の人も牧師になれます。それに、わたしはラテン語を読めますよ。古代ギリシャ語もね。神学部の学位には必要だったから」セシリー牧師は戸惑《とまど》っているようだ。「宿題のお手伝いかなにかなのかしら？」

「いいえ、そうじゃないんです」

セシリー牧師は絵を執務室《しつむしつ》に持ちこんで翻訳《ほんやく》に取りかかった。そのあいだ、わたしとボーディはキッチンにいって、茶話会用《コーヒーアワー》のクッキーでも食べているようにといってくれた。

「どうして、あのことばがラテン語だってわかったの？」ボーディは口いっぱいにクッキーをほおばったまままたずねた。「学校で習ったとか？」

「ううん、学校ではスペイン語」わたしは二枚目のピーナッツバター・クッキーを口におしこみながら答えた。それから、ジャックの古いTシャツで作ったパッチワークのバッグにこっそり三枚すべりこませた。「ボーディは何語を選択《せんたく》したの？」

「なんにも。わたし、学校にいってないから」

「どういうこと？」

「ホームスクーリングみたいなものだけど、スクーリングの部分がないやつ」

「それって、……つまり、ただ家にいるだけってこと？」

ボーディはむっとした顔をした。「そうじゃないよ。いつでも好きなときにインターネットで勉強するの。インデペンデント・スタディ・プロジェクトっていわれてる。ママがロケでタンザニアにいたとき、わたしは動物保護センターでカバの赤ちゃんの世話をしてたんだ。パパがスラム街の学校の先生役の映画を撮《と》ってたときには、ヒップホップの歴史についてレポートを書いたよ。パパとママがいっしょにパニック映画の撮影《さつえい》をしてた夏には、トールキンの本を全部読んですごしてた」

「すごい」

「別に。でもね、今年の秋はニューヨークの学校にいくんだ」ボーディは紙コップのアップルジュースをすすった。「とにかく、決まった家に住んでないときにはホームスクーリングとはいわないいんだよ」

「じゃあ、これまでどこに住んでたの？」

「撮影《さつえい》スタジオとか、ロケ地とか、トレーラーハウスとか。ホテルやほかの俳優の家も。そうだ、丸一年、集団生活《コレクティブ・リビング》をしたこともあった」

「なんなの、それ？」

「ヒッピーがうじゃうじゃいて、しょっちゅう皿洗いの順番でもめてるとこ」

クッキーをもうひとつ口にいれ、バッグにも一枚いれた。「友だちはどうしてたの？」

ボーディは意味がわからないというように肩《かた》をすくめた。「どうしてたって？」

「えーと、どうやって友だちを作ったの？　それに、離《はな》ればなれになっちゃったらどうしてたのかなって」

これは、わたしにとってただの質問じゃない。ぜひともボーディの意見がききたかった。マンハッタンあたりでよく見かけるチラシに載《の》ってるセミナーみたいに。「なにも共通点がなく、変な服装の人と友情をはぐくむ法」とかそんな風な。

「友だちなんか必要ないじゃん。ママがいるし、パパもいる。ふたりが同時にっていうのはめずらしいけど。それに、そう、わたしには世界があるから。タンザニア！　ニュージーランド！　タンザニアとニュージーランドのハリウッド映画の撮影《さつえい》現場！」

「そっか」

「それに、まわりにはいつも人がいっぱいいるし。家庭教師でしょ、ベビーシッターやアシスタント、アシスタントのアシスタントとかも。わたしを好きなところにつれてってくれる人なら、いつだってだれかいるから」

「うーん、そっかぁ」

せまいキッチンに、クッキーを食べる音が響《ひび》く。

「だけど、かならずだれかといっしょ、ってわけじゃないよ」ボーディはわたしの目をさぐるように見つめた。「いってる意味、わかる?」

なにをいいたいのかは、はっきりわかった。「うん、わかるわかる」

「さてと、お嬢《じょう》さんたち」セシリー牧師がドア口に姿をあらわした。「わたしも紅茶を一杯《いっぱい》いただくわ。それから、わたしの執務室《しつむしつ》にきてちょうだい。あなたたちのミステリーが解けたと思うの」

執務室《しつむしつ》にはいると、あの絵はセシリー牧師の机のむかいの椅子《いす》に立てかけてあった。まるで、絵がセシリー牧師のカウンセリングを受けているみたいだ。

「あなたのおじいさんの絵は、小さいけどすばらしいわね。それで、おじいさんはこの絵をどこで手にいれられたの?」

セシリー牧師は、その先もとぎれずに話しつづけたので、その質問には答えずにすんだ。

「さてと、わたしは絵画にはあんまりくわしくないの。様式とか画家とか、そんなことはよくわからない。ただ、宗教的な図像学のことならわかります」

ボーディはセシリー牧師の机の角にちょこんとすわっている。「ズゾウガク?」

「シンボルのことだよ」わたしはあわてて口をはさんだ。「そこに描《えが》かれているものがなにを意味しているかとか、なにを伝えようとしているか、絵の暗号みたいなこと。たとえば、……ドクロは死を意味しているとか、犬は忠誠を意味しているとか」

「鏡は虚栄《きょえい》とかね、その通りよ！」セシリー牧師は拍手《はくしゅ》をした。「あなたは美術にはずいぶんくわしいのね」

「おじいちゃんは画家だったから」

「おじいさんは、しっかり教えたみたいね。それで、この絵はご存知の通り、聖母子像、マリアとイエスね。ルネッサンス期の絵だと思うんだけど、正直、あんまり現実的とは思えないの。レオナルド・ダ・ヴィンチの絵が、そこいらの屋根裏にころがってるなんてこと、そうそうあるものじゃないわ。お宝鑑定団《かんていだん》じゃあるまいしね！」セシリー牧師は自分の冗談《じょうだん》に小さく笑った。「だからわたしは、十九世紀ごろに描《か》かれたルネッサンス様式の絵だと思います」

「それで、その詩はなんて？」ボーディがたずねた。

セシリー牧師は黄色いレポート用紙を手に取った。「そうそう、わたしの専門は詩じゃなくて、教会で使われるラテン語なんだけど、こんな感じになると思うわ。

命のパン
熟せど熟せず
満たされた者を満たし
癒《い》やしの天使を癒《い》やす」

「うーん、それで、それってどういう意味?」ボーディがいった。ちらりと見ると、ボーディが真剣《しんけん》に絵を見つめていたので、わたしはおどろいた。

「そうね、正直いって、元のラテン語の方が意味をとりやすいんだけど」セシリー牧師は、ローブの胸の前で腕《うで》を組んだ。「だけど、これは基本的なキリスト教のイメージね。ヨハネによる福音書の第六章三十五節。パンと魚の奇跡《きせき》をおこなったあと、イエスはこうおっしゃった。『わたしが……』」

「命のパンである」わたしは思わずそう口走って、自分自身おどろいた。何度も通ったオルガンコンサートのあいだに、いつのまにか心にしみこんでいたんだろう。

「その通りよ!『わたしに来る者は決して飢《う》えることがない』これは精神的な飢《う》えのことをいっているの、わかるかしら? ここでイエスは、予言しているのね、最後の晩餐《ばんさん》を。レオナルド・ダ・ヴィンチがその絵を描《か》いているのはもちろん知ってるわよね？」

　ボーディもうなずいている。

「最後の晩餐《ばんさん》で、イエスは弟子《でし》たちとパンとワインを分け合って、自分の死後にもおなじようにしなさいと求めました。いまでも毎週のミサで聖餐《せいさん》という形でおこなわれてる。だから、幼子イエスのことを『命のパン』と呼ぶことで、この画家はイエスの将来の磔刑《たっけい》と聖餐《せいさん》をほのめかしてるんでしょうね」

「それじゃあ、どうして、そのパンは熟せど熟せずなんですか？」わたしはたずねた。

「うーん、そうね。ジョークっていうわけではないんだけれど、一種のことば遊びでしょうね。最後の晩餐《ばんさん》はユダヤ教の過越祭《すぎこしのまつり》のあいだにあったんだけど、このお祭りではパン種なしのパンを食べることになってます。発酵《ライズ》させるためのイースト菌《きん》を使わないパンということね。それから、この絵はイエスの死を予言していて、命は途中《とちゅう》で絶たれるけれど、そのあとには天国にライズする。昇《のぼ》るってことね。ライズすれどもライズせず。わかる？」

「それじゃあ、満たされた者って？　癒《い》やしの天使って？」

「こちらは、ちょっとばかりややこしいわね」セシリー牧師はしばらく考えこんだ。「イエスは、すべての人ひとりひとりに愛を与《あた》えるためにつかわされた。富んだ者も貧しい者も、身分の高い者も低い者も。それで、この『満たされた者を満たし』っていうところは、物質的には豊かでも、内面が穏《おだ》やかではない人を、精神的な糧《かて》で満たすということだと思うの。それに、イエスは天国も地上もすべてをおさめているのだから、わたしたちをなぐさめてくれる天使さえをもなぐさめるということね」

セシリー牧師は腰《こし》をかがめて、さらに絵のふたりの顔を熱心に見つめはじめた。「この絵は、形式的には伝統的な聖母と幼子イエスを描《えが》いたものだけど、わたしには、最後の晩餐《ばんさん》とイエスの最期《さいご》をほんとうにわかりやすく予言したものだと思えます。ふつう、聖母子像の赤ちゃんは、いかにも健康そうでふくよかに描《えが》かれるものなんだけど、この絵はちがうわね。この幼子イエスはやつれて、病気のように見える。なんだか、もうすでに苦痛でいっぱい、というように。そしてマリアは、かわいそうな子を、心配そうに見つめている」セシリー牧師は軽く舌打ちした。「それから、この鳥を見て。これは聖霊《せいれい》のシンボルのハトなんだけど、聖母子から天にむかって飛び立ってる。聖霊《せいれい》が天国へ昇《のぼ》ることで、イエスの苦難を予言しているのね。これはイエスの試練がはじまった瞬間《しゅんかん》を示していて、それはつまり、決して避《さ》けることのできない十字架《じゅうじか》にむかう道を歩みはじめたことをあらわしているんだわ」

わたしたち三人は、絵に顔を近づけた。とても目をそむけることができない。この絵は気分を滅入《めい》らせる。

「これはとても複雑な絵ね。とても興味深い。ふつうは甘《あま》やかで平和な主題のはずの聖母子像の形を借りながら、ものすごく暗いテーマを描《えが》いているという点で」

「それで、高い値段がつくの？」ボーディがとつぜんいった。

セシリー牧師は声をあげて笑った。「それはわたしの専門外よ。でも、すごく気になるんだったら、鑑定《かんてい》できる人を紹介《しょうかい》できますよ。この教会の教区員で、街の中心部のオークションハウスで働いてる人がいるの。その人のところにこの絵を持っていけば、たちどころにだれの絵なのかを教えてくれると思います」セシリー牧師はメモ用紙に名前と電話番号を書いて、わたしに手わたした。

「ありがとうございました、セシリー牧師。ほんとうに感謝します」わたしは絵を包み直して、サムソナイトにおさめた。

「どういたしまして」セシリー牧師はクッキーでふくらんだわたしのポケットをちらっと見ると、机の上にあったチラシを手に取って、わたしのほうにさしだした。「この教会は、食糧《しょくりょう》配給をおこなってるのよ。火曜と木曜の朝に。遠慮《えんりょ》なくきてちょうだいね」

「あ、はい。ありがとうございます。絵のことも」わたしはドアの方にさっと体をむけて歩きはじめた。結局、チラシは受け取らなかった。ジャックはいつもいっていた。鳥小屋に卵があるかぎり、他人からのお恵《めぐ》みは受けないと。

「ねえ、セオ、もうひとついわせて」

「はい？」

セシリー牧師はちょっとためらった。「あの詩の中の『癒《い》やしの天使』のことで、思い出したことがあるの」セシリー牧師は自分の机にもどって、大きな聖書をパラパラとめくっていく。「ここよ。エノク書に大天使ラファエルがでてくるんだけど、この名前には『神の癒《い》やし』っていう意味があるの。この天使ラファエルは、盲目《もうもく》だったトバイアの目を治して、旅の終わりに、安全に光の中へと導いた」

「そうなんですか？」わたしは、セシリー牧師がさらになにかいうのを待った。「それで？」

セシリー牧師は、おもしろがっているような表情を見せた。「さてさて、セオ・セオドラ、あなたのおじいちゃんならなんていうかしら？　ラファエルっていう名前でぴんとこない？」

セシリー牧師はわたしの呆然《ぼうぜん》とした顔を見て笑った。

「画家のラファエロ？　イタリア・ルネッサンスの最後を飾《かざ》ったあの偉大《いだい》な巨匠《きょしょう》の？」

頭の中でカチッと歯車がかみあう音がした。

5

ラファエロ。もちろんそうだ。

いいわけをさせてほしい。この夏、わたしはずっと、暑さでぼうっとしてすごしてきた。それに、ビーツダイエットのせいで、脳から栄養を奪《うば》われて、巨匠《きょしょう》の名前を思い出せなかったのかもしれない。

もしかしたら、自分の名前をじっと見つめているうちに、それが意味のない文字の羅列《られつ》に見えてくるように、すぐ目の前に答えがあったのに、気づけなかったのかもしれない。ジャックはラファエロが大好きだった。そして、ことあるごとにわたしをラファエロの絵の前にひっぱっていった。メトロポリタン美術館ではもちろん、フリック・コレクションへいったときも、チャイナタウンバスの一日周遊券を使ってワシントンDCのナショナル・ギャラリーにいったときもだ。

いまわたしのサムソナイトの中にあるのは、それらの美術館におさまっているはずの作品にちがいない。そして、緑にあふれた教会の中庭をボーディといっしょに興奮しながら進むわたしの頭の中では、これまでに見たラファエロの絵がめまぐるしくあらわれては消えた。わたしはそれらの絵とジャックの絵を無意識に比べていた。

一方、ボーディはスマホで検索《けんさく》の真っ最中だ。

「最後にオークションにでたラファエロの絵がいくらだったか知ってる？」ボーディはスマホの画面を見つめながら、ほとんど叫《さけ》ぶようにいった。

「シーッ！」わたしはスーツケースを反対の手に持ちかえた。手は汗《あせ》でびっしょりだ。

「三千七百万ドルだよ！」

わたしの足がもつれた。あやうく三千七百万ドルを花壇《かだん》にぶちまけるところだった。

「ちょっと！」ボーディが体を投げだしてぎりぎりでスーツケースをつかまえた。「気をつけてよ！　もし、絵になにかあったら……。ほら、ちゃんと持って」ボーディはものすごい勢いでスマホをいじっている。「ラファエロ・サンツィオ。ウルビーノに生まれる。レオナルド・ダ・ヴィンチ、ミケランジェロとならぶイタリア・ルネッサンスの三大巨匠《きょしょう》のひとり」

「その三人は、ルネッサンスそのものといっていい人たちなの」わたしは話しはじめた。ボーディは映画や音楽、ヒップホップだかヒポポタマスだかにはくわしいかもしれないけれど、芸術のことならわたしだ。「特にラファエロはそのあとにあらわれるすべての画家から尊敬されてる。ジャックのような近代画家にもね」

ボーディはウィキペディアのページを読むのに夢中で、わたしの話なんかきいていなかった。「一四八三年生まれ。父は強力な君主に仕える宮廷《きゅうてい》画家だった。エリートの中で育ったため、のちに裕福《ゆうふく》で強大な力を持つパトロンを得ることができた。十一歳《さい》で両親を亡《な》くし、若いうちからペルジーノなど有名な画家の弟子《でし》となった」ボーディはそこで顔を上げてわたしを見た。「知ってる?」

「ペルジーノ? もちろん。メトロポリタン美術館にも何枚かあるよ。優雅《ゆうが》で繊細《せんさい》な……」

「ラファエロはフィレンツェに移り、後にローマに移る。ローマではふたりの教皇と貴族たちのお気に入りの画家となる。もっとも有名な作品として、バチカン宮殿《きゅうでん》の通称《つうしょう》ラファエロの間にある……」

「アテナイの学堂」わたしは口をはさんだ。「ラファエロの最高傑作《けっさく》ね。人文科学の頂点といっていい古代ギリシャとローマの偉大《いだい》な学者たちを、カトリック教会の心臓部に持ちこんだ」

「ちょっと、わたしが読んでるんだから」ボーディはつぎの画面をだしている。「だけど、ラファエロの絵で、たぶんいちばん有名なのは……」

わたしは心臓をつかまれたような気分になった。「聖母子像ね」

ボーディはわたしをにらみつけている。

「ごめん」

もし、ラファエロがどんな絵で有名かといわれたら、かわいらしい幼子イエスと美しい聖母マリアを描《えが》いたものだということになるだろう。すわっている姿のもの、立ち姿のもの、聖書のほかの登場人物といっしょのものなどいろいろなタイプの絵があるけれど、どれもこれも、愛らしく、慈愛《じあい》に満ちている。

わたしのスーツケースの中にある絵のような。肩《かた》にずしりと重みがかかったような気がした。

この絵のような。だけど、正確にはちがう。

「あれ？　この子たち見たことある」ボーディがスマホの画面をわたしにむけた。そこには、上目づかいのいたずらっ子っぽいふたりの天使の絵があった。きっと、だれだって見覚えがあるんじゃないだろうか。大きな絵の一部を切り取ったもので、世界中でカレンダーやグリーティングカード、チョコレートの箱なんかにも利用されている。「ってことは、この絵もすごい価値があるんじゃやない？」

わたしは深いため息をついた。「よくきいて。この絵がどんなものなのか、わたしたちにはわからないの。セシリー牧師もいってたけど、ラファエロよりずっとあとの時代のものかもしれない。おじいちゃんが質屋で見つけた古いガラクタかもしれないんだよ。地下室で見つけた、先祖代々《だいだい》の家宝かもしれないし……」

「じゃあ、どうして隠《かく》したの？　説明してよ！」

それは無理だ。

「わかったよ、じゃあ、もしラファエロだとしたら、それはつまり……」わたしはまわりをうかがってからつづけた。「盗《ぬす》まれたものだってこと。もしそうだとしたら、だれもわたしに三千七百万ドルなんてくれるわけないし、それどころか、懲役《ちょうえき》三十七年だよ」

ブロードウェイまでもどってきていたわたしたちは、立ち止まって、ネイルサロンのドアからもれてくるエアコンの冷たい空気を楽しんだ。

「それなら、最初に見つけたパトカーの前にでも放り投げて、走って逃《に》げる？」ボーディはがっかりしているみたいだ。「おもしろくなりそうだと思ったんだけどな」

わたしはスーツケースをおろして、その上に腰《こし》かけた。「とにかく、よく考えてみよう。わたしたちには思い当たる画家と時代がある。メッセージも翻訳《ほんやく》した。つぎになにを見つければいい？」

ボーディは指折り数えはじめた。「これはラファエロか、そうじゃないのか。もし、ちがうなら、だれの絵？　セオのおじいちゃんはどこで手にいれたのか。なぜ隠《かく》したのか。なぜ……」

「ちょっと、待った。わたしはつぎにっていったんだよ。まずはひとつだけでいい。わたしたちがつぎに知るべきことはなに？　もし盗《ぬす》まれたものなら返さなくちゃいけないし、そうじゃなくて、ただの古い絵なら、……そうだな、その絵の価値の分だけお金を使える。さあ、どうしよう？」

わたしはセシリー牧師から受け取ったメモを見下ろした。「このオークションハウスにいったとして、最悪のケースは、警察を呼ばれる。その逆なら、この絵はわたしが持っていていいもので、何百万ドルの価値があるといわれる」

「中間のケースもあるよ。盗《ぬす》まれたものだけど、安全に返したことでお礼をもらえるかも」

ボーディがさぐるようにいった。

「少しばかりいいケースだと、盗《ぬす》まれたものでも、有名な画家のものでもないけど、数千ドルの価値はあって、売り払《はら》える」とわたし。

「最悪よりはちょっとだけましなケースは、盗《ぬす》まれたもので、警察につれていかれるけど、きつくお説教されて解放される」

「めちゃくちゃ恥《は》ずかしいケースは、これはぬり絵のキットの絵で、大笑いされる」

「ほとんどありえないけど、すごくドラマチックなケースは、オークションハウスの連中は実はバンパイアで、この幼子イエスの絵で退散させて、地獄《じごく》の底へつき落とす」ボーディはそういった。

「ほんとうのところ、地獄《じごく》の底につき落とされたのはわたしたちなのかもしれないね」わたしは立ち上がると、またスーツケースをつかんだ。「だって、七月に地下鉄に乗ろうっていうんだから」

地下鉄（三百八十四ドルマイナス二ドル五十セント＝三百八十一ドル五十セント）からおりて、セシリー牧師の友だちが働いているマディソン街のオークションハウス、カドワラダーを見つけたのは午後の遅《おそ》い時間だった。広々《ひろびろ》としたモダンなロビーには、アンティークの家具がちりばめられていた。床《ゆか》も壁《かべ》も天井《てんじょう》も、ピカピカの金色の大理石が格子《こうし》状にはめこまれている。ペルシャ絨毯《じゅうたん》の海のむこうには、紙のように薄《うす》いパソコンの端末《たんまつ》があって、その後ろにはみがき上げられた若い男の人がすわっていた。

「はい？　なにか御用《ごよう》ですか？」

わたしはささやいた。「ここはもう、ビレッジじゃないんだね」

「アッパー・イーストサイドのど真ん中だよ」ボーディがささやき返す。

「で、お嬢《じょう》さん方？」イライラしているみたいだ。順番待ちの人が大勢いたからかって？　とんでもない。ジャックがいつもいってたみたいに、デスクが大きくなればなるほど、人間は小さくなるってこと。

わたしは思い切って絨毯《じゅうたん》を横切った。ボーディもついてくる。

「わたしたち、この人に会いにきたんです」わたしはポケットの中のメモを何度も確認《かくにん》してからいった。「オーガスタス・ガービーさん」

「お約束は？」

わたしは首を横にふった。「でも」そこで、いかにもおごそかに咳払《せきばら》いをしてみせた。「とても重要なお仕事の件で」

男の人はぱちくりとまばたきすると、慣れたようすで返事をした。「しばらくお待ちくださ い。失礼ですがお名前は？」

「セオドラ・テンペニーです」

「それと、ボーディ・フォード」ボーディはわたしの肩《かた》ごしに顔をのぞかせていった。

「セシリー牧師の友だちだとお伝えいただけますか?」

男の人はもう一度まばたきした。「承知しました。どうぞおかけになってお待ちください」部屋のすみにある金メッキされた華奢《きゃしゃ》な椅子《いす》の方をさし示しながらいう。

わたしたちは、さもなんでもないようにふるまおうとしたけれど無理だ。いまにもこわれそうなアンティークの椅子《いす》のはしに、ちょこんとおしりを乗せてすわった。廊下《ろうか》の方からカツカツという足音がきこえてくるころには、ボーディはもう投げやりになっていて、コンバースのスニーカーをわたしの椅子《いす》のアームレストの上に放り上げていた。

わたしたちが顔を上げると、手いれの行き届いた長い髪《かみ》の若い女の人が、錐《きり》のように鋭《するど》いハイヒールの上でぐらついていた。そのやつれた顔を見て、シンデレラのガラスの靴《くつ》を借りて後《こう》悔《かい》している醜《みにく》い義理のお姉さんみたいだと思ってしまった。

「ガービーさんに会いにきたというのは、おふたり?」

わたしたちはあたふたと立ち上がった。おしりがぐっすり眠《ねむ》ってしまっているときに立ち上がるのはなかなかむずかしいものだ。

「ガービーさんは今日はもうもどりません。わたしはアシスタントのジェンマです。わたしでよければ、話をききますけど」そういって、手に持っていたフォルダーを胸に抱《かか》えた。

この人のイギリス風のアクセントが本物なのか見せかけなのか、わたしにはよくわからなかった。「ガービーさんはいないんですね」

「ええ。今日は金曜日ですからね。夏のあいだの金曜日は、だれだってはやくあがるものなの」そういって、フンと鼻を鳴らした。その原則は下《した》っ端《ぱ》にはあてはまらないらしい。

「わかりました。じゃあ、また月曜日にでも……」

「まずはわたしが見ますよ。ガービーさんもそう望まれるはずですから」

わたしとボーディは目を見かわした。ボーディは肩《かた》をすくめていった。「いいんじゃない？」

わたしはスーツケースをあけながら、この絵を見つけた不思議ないきさつを説明した。ただ、ジャックがどこで働いていたかははぶいてだけど。ボーディにも手伝ってもらって額を椅子《いす》の上にのせる。わたしたちがそうだったとおなじように、絵も居心地《いごこち》悪そうだ。

「ここの詩は……」

「だいじょうぶ、ラテン語は読めるから」ジェンマがぴしゃりといった。

ジェンマが絵に顔を近づけたり、少しはなれてながめたり、ブレザーのポケットから白い手《て》袋《ぶくろ》を取りだして両手にはめて、絵を裏返して額の裏をじっくり見たりしているあいだ、わたしたちは静かに立っていた。ジェンマは額をそっと椅子《いす》にもどすと、指を一本ずつ抜《ぬ》きながら手《て》袋《ぶくろ》をぬぎはじめた。

「お嬢《じょう》さん方、この絵を持ってきてくれてありがとう。とても興味深い絵ね」ジェンマは無理をして、やつれた顔に微笑《ほほえ》みを浮《う》かべた。

わたしたち三人は目を見かわした。「あのう、それで」わたしがさぐりをいれる。するど、微笑《ほほえ》みはたちまち消えた。「正確な年代を割りだすのはむずかしいわね。画家はなおさらね」

ボーディは親指でわたしのほうをさしながらいった。「セオはラファエロじゃないかって思ってるんだけど」

ボーディが役に立つのかじゃま者なのか、よくわからなくなってきた。

「ラファエロ？　おやおや。あなたたちは宿題をやってるのよね？　まさかこの絵が……」

ジェンマはそこでにやっと笑った。「ラファエロだなんて。まず第一に、ラファエロの作品はすべて完全に記録されてるの。たまたまでくわした絵がちょっと似ているからって、それが未発見の作品だというのは、あまりにも楽天的だと思わない？」

「たしかに」わたしはそう認めた。

ジェンマは専門家として熱がこもってきた。「たとえば、この幼子イエスだけど、青白くてやつれていて、ラファエロが描《えが》く幼児の特徴《とくちょう》であるあたたかみやふくよかさとは似ても似つかない。

それにもしこの絵が『ラファエロ』だとして」ジェンマはラファエロを強調するために身振《みぶ》りで空中に引用マークを描《えが》きながら話しはじめた。わたしはその瞬間《しゅんかん》、この仕草を一生憎《にく》もうと心に決めた。「ラファエロ本人の絵ではありえない。ラファエロ派やラファエロの弟子《でし》ということはありうるかもしれないし、ラファエロ工房《こうぼう》にラファエロ風、ラファエロ教徒に……」

もういいよ。ほんとうにいやみな女だ。

「パスティーシュかもしれないわね。画学生や崇拝者《すうはいしゃ》が描《か》いた模写のことよ。才能のある崇拝《すうはい》者《しゃ》ってわけじゃなさそうだけど」ジェンマは金色の髪《かみ》を耳の後ろにかき上げた。「描《えが》かれている板と額は、たしかに古そうね。おそらくは十七世紀初期のものだろうけど、チンクエチェントの可能性もあるかもね」

「それじゃあ、現代の画学生の絵かもしれないっていうことですか?」わたしはいった。「価値のある絵じゃないってこと?」

またもや、にやっとする。

「この絵の場合、別の考え方もできるわね。贋作《がんさく》よ。古いけれどあまり価値のないキャンバスの上に絵を描《か》くっていうのは、時代をごまかす贋作家《がんさくか》のおなじみのやりくちだから」

わたしは絵の表面を見つめた。この絵の下にあるかもしれない別の絵の層を見通《みとお》そうとするかのように。

「なるほど。それじゃあ、こちらではほんとうに古いものかどうかはどうやって判断するんですか？」

「こちらカドワラダーには、豊富に機器がそろっています。乾《かわ》いた絵の具に生じた亀裂《きれつ》の深さを分析《ぶんせき》する顕微鏡《けんびきょう》があります。絵の具の顔料を分析《ぶんせき》して、そこにふくまれた鉱物の時代と画家の時代が合致《がっち》するかどうかを調べる機械も。額やキャンバスには炭素年代測定をおこなってます。赤外線やX線を使って、表面の絵の下に別の絵が隠《かく》れていないかを調べることもできるわ」

ボーディの目がきらっと光った。「X線？　そうだよ、それで下になにがあるのか見てみようよ！」

ジェンマは自分の腕時計《うでどけい》にちらりと目をやった。「よくきいてちょうだい。ここは『お子様美術館』じゃないの。ただちょっと『下になにがあるのか見てみよう』ってだけで、調査にお金をかけたりはしない」ボーディのことばの「なにがあるのか」のところで、また空中に引用マークを描《えが》いた。「もし、それなりの理由があれば、わたしたちだって、くわしく調べないこともないけど……、でも、あなたの場合……」そういうと、わたしのすり切れたTシャツからヒップホップ・スニーカーまでじろっとながめる。

「悪気はないんだけど、あなたのおうちは経済的に困ってるんじゃない？　この絵は、ぼんくらなオークションハウスをだます目的で、あなたのおじいさん自身が描《か》いたってことはないの？」

そして、また腕時計《うでどけい》を見る。はやいところ郊外《こうがい》の保養地むけの電車に乗りたいとでも思っているんだろう。

「いいえ」わたしはジェンマの目をしっかり見て、声を張りあげた。「それはぜったいない。おじいちゃんはそんなことをする人じゃないから」そうはいったけれど、だだっぴろいロビーにこだまする自分の声をきいていると、ジャックのことをジェンマ以上によく知っているわけじゃないという気がしてきた。ほんの一か月前、わたしはジャックのことを、正直で高潔な人間の典型だと思っていた。けれども、いまではあちこちにほころびがあらわれてきて、まったく想像もしなかったストーリーまでまぎれこんでくるありさまだ。

「なるほどね。まあ、どうぞお気兼《きが》ねなく、ほかのオークションハウスにもあたってみるといいわ。まずはサザビーズやクリスティーズがあるし、ほかにも小さなものなら星の数ほどあるわよ。いずれにいたしましても、その絵をわたくしどものオークションハウスにお持ちこみいただき、心より感謝いたします。おかげさまで、金曜の午後に楽しい時間をすごすことができました」

それだけいうと、ジェンマは足音高く、あっというまに姿を消してしまった。

「これで終わりってこと？」六番の地下鉄を待ちながら、ボーディがうめくようにいった。地下鉄代で手持ちは三百七十九ドルに減った。カドワラダーの冷え切ったロビーのあとだと、プラットホームはさらに暑く感じられる。家の地下室が夏のあいだずっと涼《すず》しく乾燥《かんそう》しているのが不思議でしょうがない。この地下鉄のホームときたら、日の照りつける地上の歩道より暑くてむしむししている。

わたしはトンネルをのぞきこんで、はやく電車がくるよう念じながらいった。「そうなのかも。だけど……」

「あいつに一発お見舞《みま》いしておくんだった。ジェンマを見てると、撮影《さつえい》セットにいるヘッドセットをつけてクリップボードを抱《かか》えたマヌケなアシスタントたちを思い出しちゃって。みんなから嫌《きら》われてたんだよ。きっと、ジェンマも嫌《きら》われ者だから」ボーディはジェンマという名前を、ガムを吐《は》きだすようにいった。

「だけど、あの人のいうことで、意味のわからないところがあったんだ」

「わからないところだらけだよ。パスティーシュ、チンクエチェント、ジェンマ、ウゲッ！」

「そうじゃなくて。ねえ、きいて」わたしは親指の爪《つめ》をかじりながらいった。「古いキャンバスの上に、古い巨匠《きょしょう》のにせものを描《か》いて、その上から、また別の絵を描《か》くってどういうこと？」

「知らないよ」ボーディはソーダの空き缶《かん》を線路の上に蹴《け》とばした。ネズミがあわててにげていく。

「まじめにきいてよ。もし、ジャックがにせものを描《か》いてお金にしたいんだったら、ただそれを持っていって売ればいいじゃない。どうしてにせものの絵を描《か》いて、それを隠《かく》す必要があるの？　四十年も五十年もだよ」

「たしかにそうだね」ボーディがうなずく。

「それにもうひとつ。表面の絵は消毒アルコールで落ちたのに、どうして、下の層の絵は落ちなかったの？　不思議じゃない？　おなじ油絵の具なら、どうして両方の層におなじように作用しなかったの？」

「うーん。それはすんごくいい質問だね」ボーディは少し元気がでたようだ。「それって、まだこのミステリーはつづくってことだよね？」

「そうだと思う」わたしはTシャツの前をつまむとばたばたとあおって風をいれた。「でも、正直、いわゆる専門家にはちょっとうんざり。結局、わたしたちにもわかってることしかいわないんだから」

「ジェンマめ」ボーディが吐《は》きだすようにいった。

「あの人、ろくに絵を見もしなかった」

「それにセシリー牧師だって。感じのいい人だったけど、あの人には、なんていうか勝手な思いこみがあったと思わない？」

「うん。わたしもセシリー牧師は先入観を持ってたと思う」

熱風が足に吹《ふ》きつけてきた。六番の地下鉄が近づいている。

「ジャックはね、ちゃんとした理由もなしになにかをするってことはぜったいなかった。だから、わたしは知りたいの」わたしはスニーカーでスーツケースを軽くつついた。「この絵に隠《かく》された理由を。わたしたち自身できちんと調べなくちゃね」そこでとつぜん口ごもってしまった。この謎解《なぞと》きをボーディがいっしょにやってくれるのかどうかは、まだわからない。「ていうか、わたしはもっと調べなくちゃ。もっといろいろな本を読んで、絵をたくさん見て、絵の具の仕組みやなんかも学ぶ必要がある。明日の朝、図書館が開館したら真っ先にいってみようと思ってるんだ」

「いいね！　わたしもその前にセオんちにいって、ニワトリの餌《えさ》やりとか手伝うよ」

「ほんとに？」ボーディがわたしにつきあってくれるなんて、ほんとうのことなんだろうか？それとも、ただ、新しい「インデペンデント・スタディ・プロジェクト」を探してるだけなんだろうか？

「ありがとう、じゃあ待ってる」

「どっちみち、家からは抜《ぬ》けださなきゃいけないから」ボーディは入線してきた地下鉄の轟音《ごうおん》に負けじと声を張り上げた。「ピープル誌がパパのヨガルームの撮影《さつえい》をしにくるんだ。一日中パパのカラスのポーズにつきあうつもりはないから」

6

もともと、ずっとラファエロを追っかけているつもりはなかった。それにしても、家に帰ったとたん、この家が無視されたと思っていじけ、わたしに腹いせをしはじめたのにはうんざりだ。まず、ドアノブを握《にぎ》ると、ごろんと手の中にころげ落ちた。二階のトイレでは大量に水が流れ、母さんも汚《よご》れた洗濯物《せんたくもの》を廊下《ろうか》に放りだして、家を手助けしている。

わたしの『課外授業』で最大の被害《ひがい》を受けたのは庭だった。暑さのせいで植物はしおれ、野菜はしなびていた。汝《なんじ》、庭を愛せ、さすれば庭も汝《なんじ》を愛さん。ジャックはいつもそういっていた。ニワトリもおなじことだ。今日はニワトリたちもイライラしている。おわびにと、ビーツの葉をきざんでばらまいたとき、アルテミシアに足をつつかれた。

つぎの日は、午前中ずっと罪滅《つみほろ》ぼしについやした。朝ごはんのために手を休めるころには、ドアノブのはずれたねじを締《し》め直し、二階のトイレをなだめ、ニワトリ小屋を掃除《そうじ》して、堆肥《たいひ》の山もひっくり返し終えていた。

最後のふたつの作業の順番は偶然《ぐうぜん》というわけではない。いい庭作りの秘訣《ひけつ》は、いい堆肥《たいひ》作りだ。そして、いい堆肥《たいひ》を作る秘密の成分とは？　そう、ニワトリの糞《ふん》だ。みずみずしいトマトやほくほくのカボチャにかぶりついたときには、ニワトリの糞《ふん》に感謝するべきなんだから。

とにかく、こうした作業のせいで、朝ごはんはすっかり遅《おそ》くなってしまった。「どうして、アイリッシュ・ブレックファスト・ティーじゃないの？」といわれながらも、母さんの部屋に朝ごはんののったトレイを運び終えたところで、玄関《げんかん》のバカでかい真鍮《しんちゅう》のドアノッカーの音がした。

「おはよ！」ボーディが叫《さけ》ぶ。ボーディのいつものアンチ・パパラッチ・ユニホームには、もう汗《あせ》が浮《う》かんでいた。「はやすぎた？」

「うーん、まだまだやらなきゃいけない仕事はたくさんあるんだ。これからちょうど、野菜の酢《す》漬《づ》けを作ろうと思ってたところ」わたしは、さぐるようにボーディの顔を見た。「手伝いたい？」

ボーディの顔がぱっと輝《かがや》いた。「もっちろん。おもしろそう！　『大草原の小さな家』みたいだね」ボーディははねるように居間にはいっていった。「八歳《さい》のとき、ローラ・インガルス・ワイルダーを『インデペンデント・スタディ・プロジェクト』のテーマに選んだんだ。わたしたちが集団生活体験をしてたときだけど。何人かに手伝ってもらって、丸太小屋も建てたんだよ。でも、そこで私有財産がどうのこうのっていう議論が起こって大騒《おおさわ》ぎになったから、わたしたちはマリブにもどったんだけどね」

ジャックがいると、朝の仕事はたっぷり潤滑油《じゅんかつゆ》を注がれた機械みたいになめらかに進んだけれど、ジャックがいないと煙《けむり》をあげながらギシギシ音を立てている機械みたいだ。けれど、ボーディの熱意のなにかが、すべての作業を……、そう、楽しく変えてくれる。

「なにか、音楽はないの？」ボーディがたずねた。わたしはベニー・グッドマンのレコードを見つけて、居間のレコードプレーヤーにセットし、ボーディといっしょにキッチンにおりた。

キッチンには野菜の保存用の広口瓶《ひろくちびん》だのトングだの、必要な道具はならべてある。ビーツとキュウリも農家にありそうな大きなシンクの水切り台に鎮座《ちんざ》しているし、コンロの上にはぐらぐら沸《わ》き立ったお湯をたたえた大なべ、中なべ、小なべがずらりとならんでいる。

わたしは瓶《びん》にどんな風に野菜や酢《す》、スパイスをいれるのか、お手本を示した。するとボーディは、「シング・シング・シング」のリズムに合わせて踊《おど》りながら、楽しげにやりはじめたので、すっかりおどろいてしまった。学校の子たちのほとんどは、夏の朝っぱらから、こんな地味で、ダサい仕事なんかにはそっぽをむくだろうに。

それから数時間後、瓶《びん》をさましているあいだに、わたしたちは庭にでて、草むしりをしたり、ビーツで染まった手で蚊《か》をたたいたりしていた。

「なんか、おもしろいね」ボーディがニワトリにむしったタンポポを投げながらいった。「この子たち、それぞれみんな個性を持ってる。たとえば、この子」ボーディはスニーカーのつま先で、一羽のニワトリの絹のようになめらかなおなかをなでた。「なんか、人なつっこくて、抱《だ》っこしてほしがってるみたい」

わたしは卵を集めたバスケットを下に置いて、わたしの靴《くつ》に頭をすり寄せていたアデレードを抱《だ》き上げた。

「その子はフリーダだよ。わたしが抱《だ》いてるアデレードの妹で、おなじぐらい人なつっこいよ。抱《だ》っこしてみれば？　こんな風に足をささえるんだ」アデレードの頭をかいてやると、ありがとうといっているみたいにクックッと鳴いた。「だけど、アルテミシアには気をつけてね。あっちにいるぼさぼさの毛の子だけど。あの子は近づきすぎると攻撃《こうげき》してくるから」アルテミシアがおどすように羽をばたつかせたので、ボーディはタンポポを投げつけた。

「なんか、変な名前ばっかりだね」ボーディがいう。

「どれも有名な画家の名前なんだ。みんな女の人。おじいちゃんと、ちょっとふざけてつけたんだ」

ボーディはしゃがんで小屋のそばで夢中で穴を掘《ほ》っているニワトリをなでた。「このおチビの穴掘《あなほ》り屋さんは？」

「セオドラ」わたしはぼそっといった。

「セオドラ？　どんな絵描《えか》きさん？　あれ、ちょっと待って。もしかして、自分の名前をつけたの？」

あれは去年の夏だった。ジャックはブルックリンのベッドスタイ地区にあるブリーダーのところから、新しく二羽のヒヨコをつれてきた。ほかのニワトリたちといっしょにしてもだいじょうぶなぐらい育っていたので、仲間に加えると、一羽はまっすぐ餌《えさ》のところにかけていって、ついばみはじめた。こちらはすぐにアルテミシアと名づけられた。年上の賢《かしこ》いニワトリが、はばたきながら鳴き立てて、餌《えさ》をついばむ順番を教えようとしたのに、アルテミシアは敢然《かんぜん》とわめき返して、たちまちわたしたちの目の前で、羽を散らしあうような戦いがはじまった。そのあと、ニワトリたちをひきはなすのに十分もかかってしまった。

けれども、けんかがおさまって地面を見下ろすと、餌《えさ》のほとんどはなくなってしまっていた。近くには、もう一羽の新参者がいて、さらに餌《えさ》を求めてひたすら地面をつついていた。

「ハハハ！　あの子を見てごらん。ほかのニワトリたちに勝手にけんかをさせておいて、そのあいだに自分だけしっかりごちそうになってるぞ。なんて賢《かしこ》い子なんだ。まるでおまえみたいじゃないか」ジャックはいった。「名前はセオドラで決まりだな」

「はいはい、ありがと。でも、アンジェリカじゃだめ？　リトル・ジャックは？　そのほうがピンとくるよ」

「この子は雄鶏《おんどり》じゃないんだからジャックはだめだ」ジャックはわたしのおさげ髪《がみ》をひっぱりながらいった。「それにアンジェリカは……、おまえの母さんは、ねっからのうたう小鳥だからな。頭上でぐるぐる円を描《えが》いて飛びつづけて、決してどこにもおりてこないんだよ」

ちょうどその日、わたしはクラスメートの女の子からの誕生日パーティーの誘いをことわらなくてはならなかった。その子のお母さんは、クラス全員を招かなくちゃだめだと主張したせいで、わたしも招待されたんだけど。わたしたちには、その子の別荘《べっそう》がある郊外《こうがい》までの電車賃がなかったし、当然、それなりのプレゼントを買うお金もなかった。

「わたしだってニワトリになんかなりたくない」わたしはそうぼやいた。「わたしだって、うたう小鳥になりたいし、一度くらい、どこか遠くへ飛んでいきたいよ」

長い長い沈黙《ちんもく》があったので顔を上げると、ジャックがポケットに両手をつっこんで、どんよりした目をしていたので、わたしはおどろいた。

「どうして、この家に住みつづけてるかわかるかい？」そうたずねる声は低かった。「そこいらのヤッピーに売ってお金に変えることだって、やろうと思えばできるんだ。そいつらは、宝石商のファベルジェが作った宮廷《きゅうてい》用のイースター・エッグみたいにきんきらに飾《かざ》り立てるだろうけどな。ここに住みつづける理由は、わたしの父親が住み、その父親が住み、そのまた父親も住んでいたからだよ。ここがわたしたちの家なんだ。ここがわたしたちの街なんだ。暮らしぶりのちがいについて、だれにもとやかくいわれる筋合いはないんだぞ。いいか、がんばって根を張っていないと、放りだされてしまうんだ」

ジャックはチビのセオドラを抱《だ》き上げると、頭のてっぺんをなでた。

「いつかわたしが死んだら……、さっぱり死にそうな気はしないんだがな。医者も実際の年より二十歳は若い体だっていってるしな」

「わかってる、わかってる、それはもう何回もきいたし……」

「いつかわたしが死んだら、この家はおまえのものになる。この家と、この家の中にあるものすべてがな。わたしがおまえに残せる遺産はそれだけだ。だがな、わたしがなしとげられなかった仕事も、重荷としておまえの肩《かた》に負わせることになる」

そのときには、その重荷とは母さんのことだと思っていた。ジャックの期待は、いつだってわかりやすいものだった。大恐慌《だいきょうこう》のときに、学校を中退して自分の母親をささえたジャックのように、わたしにも自分の母親のめんどうを見てほしいと思っていた。

けれども、こうしてボーディといっしょに庭に立っている今日の朝、この瞬間《しゅんかん》に、ジャックのことばをいろいろ思い出して、重荷とはあの絵のことだったんじゃないのかと思い当たった。重荷もしくは遺産。あるいはその両方。

マダム・デュモンの家のドアが立てるおなじみの音で、わたしは我に返った。思った通り、ふたつの目と、盛り上がった髪《かみ》が木のフェンスの上にあらわれた。ジャックはフェンスが低すぎるのを、いつも後悔《こうかい》していた。

「あら、よかった、セオドラ」マダム・デュモンはボーディの方にはちらりとも目をむけずに話しはじめた。「あなたにお話があります。オホン、あなたのお母さまの未払《みはら》い金は二百二十九ドルになってますからね」

わたしはポカンと口をあけていた。ことばはなにもでてこない。

「どういうこと?」ようやく吐《は》きだすようにいった。「どうして? 母さんには、ティー・ショップにいかないようにいってあるのに。あなたにも紅茶を売らないようにってたのんだのに!」

「お母さまは、まだスモークド・ウーロンを試したことがなかったから。これは、ジェネセクワ、とってもとっても深刻な問題ですよ。こんなこといいたくないんですけど、コモンディトン? ベンゴシに相談?」

マダム・デュモンがフランス人なのはよくわかったけど、いったいなんのことやら？「相談？　相談ってどういうこと？」

「弁護士にですよ」冷たくいいはなつ。「弁護士に相談するときには、騒音《そうおん》についてもきいてみましょうね。お宅の雄鶏《おんどり》の」

「いいかげんにして！」わたしは爆発《ばくはつ》した。自分自身の耳にきこえる耳ざわりな叫《さけ》び声に戸《と》惑《まど》ったけれど、腹が立ちすぎて、止めることができない。「うちには雄鶏《おんどり》はいないの！　一度だって飼ったことはありません！　この五十年、六十年、たぶん二百年も、一度だって雄鶏《おんどり》を飼ったことはないんです！　神にかけていうけど、雄鶏《おんどり》はぜったいぜったい、卵を……」

なにかがわたしの頭の上を飛び越《こ》え、完璧《かんぺき》なアーチを描《えが》いてマダム・デュモンの頭にぶつかった。朝日にきらめく白い物体が。

耳ざわりな叫《さけ》び声をあげるのは、今度はマダム・デュモンの番だ。ヘルメットみたいな髪《かみ》から、必死になって白い卵の殻《から》をふるい落とそうとしながら、ボーディがつぎつぎと放つ卵のミサイルを避《さ》けようとしている。でも、避《さ》けきれない。

マダム・デュモンは教科書にはぜったいにでてこないようなフランス語をわめき立てたあと、一瞬《いっしゅん》だまってから、わたしたちにむかってきた。

「なんてひどい子たちなの！　弁護士にいいますよ。いいえ、警察に！　ほんとですからね、見てらっしゃい！」

マダム・デュモンの家のドアが、ふたたびバタンと音を立ててしまった。

「なんなのあいつ？」ボーディはわたしの方に顔をむけていった。最後の卵を右手から左手、左手から右手へと軽く投げ上げている。「ひからびたカチカチのフランスパン？」

凍《こお》りついたように立ちつくしたまま、わたしはボーディの手の中の最後の卵を見つめていた。

「ねえ、だいじょうぶ？」

わたしは何度か深く息を吸いこもうとした。それから、空気のかたまりを吐《は》きだす。餌《えさ》をついばむニワトリたちの真ん中で、わたしはゆっくりとひざまずき、後ろむきに倒《たお》れこんだ。体はガタガタと震《ふる》えている。

「うわっ、たいへん」ボーディもわたしの横に勢いよくすわりこんで、わたしの体を起こし、肩《かた》を抱《だ》いてくれた。「ほんと、ごめんね、セオ。卵なら買ってくるから。一ダース買ってくるよ。オムレツを山ほど買ってきてもいいし。わたし、がまんできなかったんだ」ボーディは少し考えてからつづけた。「わたしね、衝動抑制障害《しょうどうよくせい》ってやつみたいなんだ。ママの精神科医がそういってるんだけど」

ボーディは気づいていないようだけれど、わたしの中にこみ上げていたのは、正直いって、笑いをふくんだむせび泣きだった。この一か月、いや、この十三年間、わたしの中にしつこくいすわっていたしこりのようなものを一気に吐《は》きだすような。ボーディのまじりけのないかんしゃくにはショックを受けた。もし、あのようすをジャックが見たらと思うとおかしかったし、実際には見ることができないんだと思うと悲しかった。それから、もちろん、たくさんの卵を失ってしまったことを嘆《なげ》いてもいた。そして、ボーディの肩《かた》に頭をあずけながら、だれか寄りかかることのできる人を見つけたということに泣き笑いしていた。だって、「友だち」の肩《かた》に頭をもたせかけてるんだよ！

わたしは汗《あせ》と涙《なみだ》にぬれた頬《ほほ》をシャツの袖《そで》でぬぐった。「ほんとはね、わたしもずっとやってみたかったんだ。だけど、卵をむだにはできなくって」

ボーディは最後の一個の卵を手のひらに捧《ささ》げ持った。「まだ一個あるじゃない。これでやればいいよ」

わたしは立ち上がって、ボーディも立たせた。「やめとく。この卵にはもっといい使い道があるから。今日はボーディにやってもらうね。その権利は十分だよ」

昼ごはんはトマトとシシトウ、卵一個で作ったスクランブルエッグをふたりで分け合った。昨日一日炉棚《ろだな》の上にあった『名誉《めいよ》の卵』製のスクランブルエッグだ。ボーディの最高にヒロイックな卵は代わりに鉢《はち》におさまった。わたしたちはものすごい暑さの家から逃《に》げだして、ジェファーソン・マーケット図書館にいった。

ジャックが死んでから、図書館には一度もいっていない。おじいちゃんを亡《な》くした悲しみに浸《ひた》っているあいだ、図書館のことはあまり頭に浮《う》かばなかった。

この公共図書館にくるのは、わたしにとって「買い物ざんまい」にいちばん近い感覚なので、多いときには週に三回も立ち寄って、書架《しょか》のあいだを歩きまわり、セレブが高級デパートのグルーミングデールでクレジットカードをふりまわすみたいに図書カードを使いまくっていた。おもしろそうな本を見つけると、何ページかパラパラとめくってみて、つまらなければすぐに返すし、おもしろければすわりこんで読みふける。わたしにとって、図書館だけは、なんの遠《えん》慮《りょ》もせずに好きなだけぜいたくのできる場所だ。

ただし、期間内に本を返却《へんきゃく》しているかぎりは。

ジャックが死んだ日は、『フラニーとゾーイ』をなくした日でもあった。本をなくすということは、延滞料《えんたいりょう》だけではなく弁償金《べんしょうきん》も払《はら》わなくてはいけないということだ。三百八十四ドル、いや、もう三百七十九ドルしかないというのに。ジェファーソン・マーケット図書館のそばを通るたび、古株の図書館員、ミズ・コステロが、なくした本をしみだらけの手で持って、わたしの目の前でゆらゆらゆらすのを感じるほどだった。

けれども、いまわたしたちは、ニューヨークの公共図書館にあるすべての本を自由に読めるようにしておく必要がある。そこでわたしは、まだ手をつけていないものもふくめて、図書館から借りていたすばらしい本の数々《かずかず》をすべてかき集めて、平和的交渉《こうしょう》の捧《ささ》げものとして返却《へんきゃく》デスクの上に積み上げた。

ジャックにつれられてはじめてジェファーソン・マーケット図書館にきたときのことは覚えていないけれど、わたしたちはいつも、自然に惹《ひ》きつけられるようにここにやってきた。

「ここはね、わたしにとっては教会みたいなものなんだ」頭上のステンドグラスの窓めがけて、ぞくぞくするぐらい不気味なゴシック風の塔《とう》を登りながら、ジャックはよくそういっていた。階段のいちばん上まで登ると、かならず立ち止まって、壁《かべ》に彫《ほ》られたジャックの「信条《クレド》」を声にだして読んだ。

「法律の要諦《ようてい》とは、正しく生き、他人を傷つけず、すべての人の所有物を守ることなり」これは、元々《もともと》刑務所《けいむしょ》と裁判所だったこの建物の遺物だ。

今日はミズ・コステロがいつものカウンターにいなかったので、わたしたちは本の山を全部返却《へんきゃく》ボックスに投げいれて、まっすぐにインフォメーション・デスクにむかった。するとそこには、筋肉むきむきの、なんとも表現しようのない男の人がいた。スキンヘッドで古風な口ひげ、腕《うで》にはらせんのタトゥーがあって渦巻《うずま》きながら袖《そで》の中に消えている。キャスター付きの事務椅子《いす》をピカピカのツートンウィングチップの靴《くつ》であやつって、机のまわりをびゅんびゅん動きまわりながら口笛を吹《ふ》いている。

ボーディがささやく。「図書館って用心棒を雇《やと》ってんの？」

わたしは肩《かた》をすくめた。図書館が変人を惹《ひ》きつけるのはたしかだけど、暴走族のたまり場のバーとはわけがちがう。

事務椅子《いす》がスラロームの途中《とちゅう》でぴたりと止まった。「おっとっと！ きみたち、いったいそこに何時間突《つ》っ立ってたんだい？」ここが図書館だということなんか、ぜんぜん気にしていない声だ。「で、御用《ごよう》は？」

「ミズ・コステロはどうされたんですか？」

「ああ、みんなは引退したっていってるけど、ぼくは清掃員《せいそういん》のビンチェンゾとかけ落ちしたとにらんでるね。だって、ふたりともおなじ日に辞《や》めたんだよ」そういって、ウィンクをする。

「もちろん、ただの仮説だけどね」

「あなたは、……その、図書館員？」

「ああ、そうだよ。エディーっていうんだ」そういうとデスクごしに手を差し伸《の》べて力強く握《あく》手《しゅ》した。「できたてほやほやのＭＬＩＳだよ」

「そのタトゥー、いいね」ボーディが手首のバロック模様を指さした。

「ありがとう！」エディーは大声でいった。「これはぼくのバンドのロゴマークなんだ。毎週火曜の夜は、スネークピットでスラッシュスカを演奏してるよ。めちゃイケてるんだぜ！　きみらもくれば……いや待てよ、まだ二十一歳《さい》にはなってないか」

わたしたちはちがうちがうと首をふった。

「そいつは残念。で、今日はなにを調べに？」

「わたしたち、宿題があって」わたしがいった。

「学校の」ボーディがつづける。

「そう、サマー・スクールの」わたしはノートをひっぱりだした。「わたしたち、ほしい本がいくつかあって、リストはここにあるんだけど」わたしはそういってエディーをちらっと見た。

「いいですか？」

エディーはにっこり微笑《ほほえ》むと名ピアニストのようにパソコンのキーボードの上に手をかざした。「いいよ」

「それじゃあ、わたしたちがほしい本は、イタリア・ルネッサンス全般《ぜんぱん》に関するものと、多分北方ルネッサンスのものも。フランドル、ドイツ、オランダ……」

「……ドイツに、オランダと。了解《りょうかい》」エディーの指がキーボードの上で踊《おど》る。

「ラファエロについての本もほしいんです。伝記とか研究書とか。それに絵画の模写や贋作《がんさく》、盗難《とうなん》についての本も……」

ボーディがわたしをつついていった。「消毒アルコールは？」

「ああ、そうだ。たぶん、なにか、絵の具のあつかったものも。絵の具の仕組みとか、どんな風に乾《かわ》くのかとか」

「絵の具の化学ね」エディーはそうくり返して、パソコンのモニターを見つめた。「これでよしと。さあ、ふたりとも本の洪水《こうずい》に立ちむかう覚悟《かくご》はいいかな？」エディーが印刷アイコンをクリックすると、プリンターからつぎつぎと紙がでてきた。

「よっしゃー！　サマースクールめ、これでどうだ！」オンラインのリストをエディーほど楽しそうにあつかう図書館員ははじめてだ。「さあ、カートがないと全部を貸し出しカウンターまで運べないぞ！」

「あー、そうだった」すっかり忘れかけていた。「あのー、ひとつ問題があるんです。本なんですけど……。この図書館の本で。それが、どこにも見つからなくて……」

「図書カードを貸して」エディーがわたしのことばをさえぎっていった。

デスクの上に図書カードを置くと、エディーが端末《たんまつ》をいじるのを見つめた。「『フラニーとゾーイ』なんです。借りたのはたしかなんですけど、何度探しても見つからなくて……」

「へえ、きみはうちのお得意さんじゃないか！」エディーはわたしの貸し出し記録を見ている。

「うん、まちがいない」

「そうなんです。ここにはしょっちゅうきてたんだけど、延滞料《えんたいりょう》を払《はら》うぐらい返却《へんきゃく》が遅《おく》れたことは、一度もなくて……、でも、いまは延滞料《えんたいりょう》を払《はら》うお金の余裕《よゆう》がなくて……、もし、払《はら》えるものなら、ちゃんと……」

エディーは威厳《いげん》たっぷりに何度かキーボードをたたくと、最後にリターンキーをおした。

「はい、これで終わり。ニューヨーク公共図書館情報網《じょうほうもう》から、きみの罪は抹消《まっしょう》された」そういいながら、エディーは空中でなにか魔法《まほう》っぽい仕草をしてみせた。

「ほんとに？」

「ほんとに」エディーはもう一度ウィンクする。「今日借りていく本はなくさないようにたのむよ。さて、つぎはなにを調べる？　最新のアニメ工学《アニマトロニクス》？　それとも、ホットドッグの歴史？」

「いいえ、もうこれで全部そろいました」わたしはプリンターからでてきた図書請求番号《せいきゅう》がずらりとならぶ紙を集めはじめた。「つまり、あなたはなんていうか、検索《けんさく》の専門家？」

「その通り。ＭＬＩＳ、つまり図書館情報学修士だからね。中でも情報の分野がいちばん得意なんだ」

「もしかして、軍の記録について、なにか知りませんか？」

「そんなにくわしくはないね。でも、よろしければ、くわしい親友を紹介《しょうかい》するよ。グーグルくんです」エディーはそういうと、またしてもキーボードをたたきはじめた。「だれか特定の人物の記録がほしいのかな？」

「わたしのおじいちゃんの」わたしはバッグから退役《たいえき》軍人省からの手紙をひっぱりだしてエディーに手わたした。あの絵を発見した以上、どんな疑問も中途半端《ちゅうとはんぱ》にはしたくない。

エディーはさらにキーボードをいじって、手紙に関する問い合わせをあちこちにしている。

「ほら、軍務記録がでたよ」

「うそ、そんなかんたんに？」

エディーはにやっと笑った。「そう、そんなかんたんに。さあ、見てごらん」

ボーディとわたしはデスクにおおいかぶさるように身を乗りだした。

「これは認識《にんしき》番号だね。これはどこで兵役《へいえき》についたか。ニューヨークで一九四一年十二月十一日にってことは、真珠湾攻撃《しんじゅわんこうげき》のすぐあとだ。当時十八歳《さい》で、職業は画家。ニューヨーク在住で、階級はいちばん下《した》っ端《ぱ》」

「それって、おじいちゃんは軍隊にいたってこと？」まったくの初耳だ。「そのあと、どこにいったの？　どこで戦ったの？」

「そこまでは書かれてない。これはただの徴兵《ちょうへい》記録だからね。どこで招集されたかは書かれていても、どこに配属されたかまではわからない。その記録を手にいれるには、国立公文書館に申請《しんせい》しないといけないんだ」エディーはモニター上でいくつかサイトをジャンプさせた。「オンラインでもできるよ。料金は二十ドル」

気持ちがいっぺんにしぼんだ。二十ドルといえば一週間分の食費だし、光熱費なら二週間分、母さんの山のような紅茶代の多少のたしにもなる。だけど、それで雲をつかむような計画をはじめるわけにはいかない。

別のカードがデスクにたたきつけられた。でもそのカードは銀色に輝《かがや》いている（『銀色じゃなくてプラチナだよ』とあとでボーディはいった)。

「さあ、これを使って」ボーディがいう。

エディーは疑わしげだ。「ご両親はだいじょうぶ?」それから、わたしの方を見る。「きみもいいのかい?」

ジャックがいつもいっていたことがひとつだけある。テンペニー家は人の世話にはならない。テンペニー家の者は、だれにも借りを作らない。テンペニー家の者は、自分のことは自分でやる。できないなら、やらずにすます。

「はい」わたしは決然としてそういった。「ありがとう」声にはださずに口だけ動かしてボーディにいった。

ボーディは肩《かた》をすくめると、エディーのほうにカードをすべらせた。「で、記録がでてくるまで、どれくらいかかるの?」

エディーはウェッブサイトをチェックしながらいった。「十日から六か月だってさ」

わたしはうめき声をあげた。「六か月?」

「心配しないで」ボーディはなぐさめるようにわたしの背中をトントンたたいた。「どうせ、この本を全部読むにはそれぐらいかかるって」

7

ボーディは急にモロッコにいくことになった。ボーディのお母さんが、星の謎《なぞ》を知るなんとかいう神秘学者だかなんだかと会いにいくのに、いっしょについてきてほしいといいだしたからだ。そこでボーディはラップトップパソコンを抱《かか》えて、二週間ほどの旅にでかけていった。

「インターネット検索《けんさく》はわたしにまかせといて」つぎの日の朝、飛行場にいく途中《とちゅう》に寄ったボーディは、タクシーの窓から頭だけだしてそういった。「ラクダのキャラバンが寺院についたら、暇《ひま》な時間はたっぷりあるから。そこにはWi-Fi《ワイ・ファイ》もプールもあるんだって」

これはわたしにも都合がよかった。ボーディはわたしの参考文献《ぶんけん》リストを見た瞬間《しゅんかん》、ご親切にもこういった。

「わたし、じっと机にかじりついてるなんて無理だから」

それにわたしとしても、コンピューター端末《たんまつ》のそばで不気味なオタクたちとすごす時間が少なくなるのはありがたい。

それからの二週間は、わたしがいちばんくつろげる場所ですごした。たったひとりで本を読み、いろいろな絵とむきあうことができた。朝の日課が終わると、歩いてメトロポリタン美術館やフリック美術館へでかけていって、「お好きな金額だけお支払《しはら》いください」というありがたい方針に甘《あま》えて、一セントだけで二、三時間、ルネッサンス部門ですごした。夕方になるとジャックのアトリエにすわりこんで、汗《あせ》をかきかき本を読んだ。汗《あせ》で湿《しめ》った指で伝記や歴史書のページをつぎつぎにめくる。それから、エディーがこっそり貸してくれた「持ち出し禁止」の作品集も。これは三百ページ以上もあるラファエロがかかわったすべての絵やスケッチ、詩が掲載《けいさい》された作品集だ。

本を読んでいないとき、わたしは見ていた。ジャックがいつもいっていたように。どこにでかけても、かならずなにかしら見つけだしてケチをつけるような人は、ジャックが世界のいたるところに美を見つけだすようすを見てびっくりするだろう。それはまるで、自分自身の苦虫をかみつぶしたような顔の中に、無理にでも陽気な部分を見いだそうとするようなものだ。ジャックは道の真ん中でわたしを立ち止まらせて、マンホールのふたの繊細《せんさい》な模様を観察させたり、アトリエに呼びつけて、ウォール街の高層ビル群を照らすゴールデン・ピンクの太陽の光を見せたりした。

「立ち止まって見さえすれば、自分が発見したものにきっと感嘆《かんたん》の声をあげるだろう」花火のように咲《さ》き誇《ほこ》る東十一番街のサクラの花をいっしょに見つめていたとき、ジャックはそういった。

というわけで、この二週間、わたしはひたすら「見た」。わたしは、もちろんミケランジェロやレオナルド・ダ・ヴィンチを見た。それにペルジーノにベッリーニ、ティツィアーノ、ジョルジョーネ、シニバルド、ロット、ピントゥリッキョ、ソラリオ、ティフェルナーテ、ボッティチェリ、ギルランダイオ、それにフラも全部（フラ・バルトロメオ、フラ・フィリッポ・リッピ、フラ・リッポ・リッピ、フラ・アンジェリコ）。

そうやって、見れば見るほど、ジャックのアトリエにある絵はラファエロに思えてきた。ただ、そうなるとそれ自体が大きな問題だ。この絵がラファエロのようであればあるほど、盗《ぬす》まれたものである可能性も高くなってくるんだから。

それでも、エディーがわざわざわたしのために見つけてくれた絵画の贋作《がんさく》についての本からひとつ学んだことがある。それは、古い巨匠《きょしょう》の絵を「見つける」いちばんの方法は、とにかく、強く強く見つけたいと願うということだ。

例をあげれば、一九四〇年代のオランダにフェルメール専門の贋作《がんさく》画家がいた。フェルメールの絵はたったの三十五枚ほどしかなくて、どの絵にも、ものすごい価値がある。当然、だれもが新しい作品を見つけたがっている。そのせいで、一枚のにせの宗教画を専門家たちが本物だと認めてしまった。フェルメールがけっして描《か》かない主題の絵だし、サイズもぜんぜんちがう。おまけに、ほかの作品とは似ても似つかない様式の絵なのに！　それでも、だれもがフェルメールを発見したがっていたせいで、その絵はフェルメールの作品とされた。少なくとも、しばらくのあいだは。

わたしは、ラファエロがこの聖母子像を描《か》いたとしたら、それはいつのことなのかというような、状況証拠《じょうきょうしょうこ》探しにも集中しなければならなかった。なので、毎晩アトリエが暗くなると、キッチンにおりて、さらにもう一冊、むさぼるように読みふけった。それはエディーから勧《すす》められた本で、エディーは「イタリア・ルネッサンスの舞台裏《ぶたいうら》をのぞける」本だといった。ジョルジョ・ヴァザーリという芸術家が書いた『芸術家列伝』という本だ。

ちょっとのあいだ、自分が偉大《いだい》な芸術家が集まったイタリア・ルネッサンス高校の生徒だと想像してみてほしい。どこの高校でもおなじように、そこには派閥《はばつ》やライバル関係もあれば、すごく個性的な生徒もいる。ヴァザーリはこの学校のゴシップ屋だ。超《ちょう》オタクの奇人《きじん》レオナルド・ダ・ヴィンチは卒業生総代をねらっているし、ミケランジェロは怒《おこ》りっぽいけど孤独《こどく》を愛する天才だ。そして、だれもがあんな風になりたいと思う男子生徒がいる。スポーツの花形選手で生徒会長と人気ナンバーワンの両方に選ばれる子。

それがラファエロだ。

その上、「クラス一のモテ男」も加わる。ヴァザーリによれば、ラファエロは「たいへん女好きで惚《ほ》れやすい人であった」。強力な権力を持つ枢機卿《すうききょう》の姪《めい》との結婚《けっこん》をぐずぐずと七年間もひきのばし、そのあいだもひそかに女遊びをつづけ、愛人を「インスピレーション」の館《やかた》につれてきてくれなければ法王から依頼《いらい》されたフレスコ画を仕上げないとまでいっている。ラファエロが三十七歳《さい》という若さで死んだ原因を、ヴァザーリは「セックスのしすぎ」だといっている。こんな死因は医学的に証明されっこないとは思うけど。

ラファエロがほんとうに愛したのは、マルゲリータ・ルーティという女の人で、ラファエロの作品のあちこちに登場する。この人には「ラ・フォルナリーナ」というあだ名があって、これは「パン屋の娘《むすめ》」という意味だ。ラファエロは黒髪《くろかみ》のふっくらとしたこの人に惚《ほ》れこんでいて、くり返し何度もモデルに使っている。有名な聖母像の数々《かずかず》もこの人がもとになっている。

ラファエロはこの人の肖像画《しょうぞうが》も描《か》いている。あるときは豪華《ごうか》なローブをまとい、「ラ・ヴェラータ」つまりつつましやかなヴェールをかぶった優雅《ゆうが》な女性として、またあるときはヌード雑誌がふさわしいような、すけすけの布を恥《は》ずかしそうに胸元に持ったトップレスの女性として。

いまでは、この二枚の絵のモデルは別の人だという専門家もいる。ラ・フォルナリーナは架《か》空《くう》の人物だという人さえいる。でも、ルネッサンスの画家たちはみんな、自分の絵にちょっとしたヒントや謎《なぞ》かけを描《か》きこむのが大好きで、ラファエロもそうだった。なので、この二枚の絵をならべて、じっくり自分の目でたしかめてみるといい。どうして、このふたりのポーズはまったくおなじなんだろう？　おなじ方向に少しななめをむいていて、右手で自分の左胸に軽く手をそえているポーズだ。どうしてふたりとも、そっくりなアーモンド形の黒い瞳《ひとみ》の目をしていて、鼻の形もおなじ、唇《くちびる》もふっくらとしたおなじ形、さらにあごにもおなじような小さなくぼみがあるんだろう？

そして、髪《かみ》のおなじ位置に、おなじ真珠《しんじゅ》の髪飾《かみかざ》りを描《か》き加えたのはなぜなんだろう？

ラテン語で真珠《しんじゅ》はマルガリータだからだ。

マルゲリータ。マルゲリータ・ルーティ、そう、ラ・フォルナリーナの。

こうして見ていくと、どうしてもアトリエの絵のことを考えてしまう。

大きな目の美人？　イエス。右手を左胸にそえている？　イエス。真珠《しんじゅ》の髪飾《かみかざ》りは？　イエス。

わたしは息をのんでその作品集をテーブルにおろした。まちがいなく似ている。でも、ひとつ疑問が残る。ラファエロが描《か》いたラ・フォルナリーナはどれも輝《かがや》くように明るい表情なのに、ジャックが残した聖母は、どうしてこんなに悲しげなんだろう?

数日後、玄関《げんかん》のドアの下にボーディからのメモを見つけた。「十時にKのダイナーで。PS.ケイタイ買いなよ」

ボーディが帰ってきた。おたがいの情報を交換《こうかん》するときだ。

わたしは図書館の本の中から、いちばん役に立ちそうなものを二、三冊つかんだ。ラファエロ派の様式と、ラファエロ後の様式との細かなちがいについて討論する準備は万端《ばんたん》だ。ただ、まだひとつ、わたしにはピンとこない謎《なぞ》が残っている。絵そのものに関する謎《なぞ》だ。

消毒アルコールで表面の絵は落ちたのに、下の層の絵はそのままだったという点に、わたしはまだひっかかっている。『画家のための絵の具と画材の化学』という本を何度も開いては閉じていた。でも、くやしいけれど、いつも二、三ページ読んだだけでめげていた。わたしが選択《せんたく》している七年生レベルの生物学では、専門的な化学の基礎《きそ》を理解する役には立たない。

十時十分前にわたしは家をでた。カシミアセーターで作ったバッグに数冊の本をつっこみ、手には『絵の具と画材の化学』を開き、ときどき歩道に目をむけ、つまずかないように気をつけて読みながら歩いていく。

「お嬢《じょう》ちゃん、気をつけて。車にひかれちゃうよ」

顔を上げなくても、バニラをローストする香《かお》りで、サンジブさんの「トースティ・ナッツ」の屋台のところまできたのがわかった。

「トースティ・ナッツはいらないかい？　今日はカシューナッツがおすすめだよ」

その香《かお》りは寒い冬にならば魅力《みりょく》的だけれど、スモッグや太陽に焼かれて熱くなった歩道から立ちのぼるおしっこのにおいと入り混じると、くじけそうになってしまう。たとえ、おなかが減ったいまのわたしにも。わたしは首を横にふった。

サンジブさんはため息をついた。「だよね。真夏にトースティ・ナッツがほしい人なんかいないよね。インドのムンバイなら関係ないんだけどね。ムンバイならぼくだって……」

「セーターに手を伸《の》ばしてたんでしょ？」わたしはやさしく微笑《ほほえ》みながら口をはさんだ。このちょっとした会話が、他人との唯一《ゆいいつ》の会話だったころがあった。法的な制限のある歩道を勝手に使っているという理由で、サンジブさんはジャックの『厄介者《やっかいもの》リスト』に載《の》っていたけれど。でも、ジャックが死んで以来、このちょっとした会話はわたしの楽しみになっていた。いつも予想通りの展開なんだけど。いや、予想通りだからこそなのかもしれない。

でも、今日、わたしにはやるべきことがある。そして、それ以上に、血の通った本物の友だちがわたしを待っている。

「ああ、きいたことあったよね」サンジブさんはまたため息をついた。

「それじゃあ」わたしは本の上に視線をもどし、歩きはじめた。「またね、サンジブさん」

「おやおや、今日のきみは化学者かい？　ぼくとおんなじだね」

「えっ？」わたしは立ち止まった。

サンジブさんはわたしの本を指さしている。

「それは化学の本だよね？　ぼくはインドにいたころ、学校で化学の先生をしてたんだ。ほら、これ」そういって、手ぶりで「寄付をお願いします」と書いてあるコーヒーの空き缶《かん》の方をさした。ナッツを買いにきたお客さんに、サンジブさんが教えていた学校のために寄付をお願いしているようだ。缶《かん》の横には写真が貼《は》ってあって、十二、三人の高校生が実験器具のブンゼンバーナーを囲んで、サンジブさんが贈《おく》ったゴーグルをして誇《ほこ》らしげにポーズをとっている。

「そう。これ、化学の本なんだ。もしかして、ここの部分、教えてもらえます？」わたしは本を手わたした。「ただ、これ、絵の具の化学についてなんだけど」

「はいはい、絵の具ね。絵の具のことならまかせて。先生になる前には、大きな化学工場の研究室で働いてたんだよ。屋根のコーティング剤《ざい》や防水剤《ぼうすいざい》、塗料《とりょう》なんかを作ってて……」

「ほんとに？」

「ほんとだよ。どうしてうそをつかなくちゃいけないの？」サンジブさんは不思議そうな顔をしている。

「それじゃあ、たとえば、油絵の具のことにもくわしい？」

サンジブさんはあたりまえだろ、といわんばかりの笑顔《えがお》を見せた。

「もちろんだよ、お嬢《じょう》ちゃん。油絵の具のことならくわしいよ。絵の具の中でも、とても重要なものだからねえ！　でも、いったい油絵の具のなにを知りたいのかな？」サンジブさんは本を返しながらいった。

わたしはあの絵のことを話した。消毒アルコールで表面の絵の具は筋になって流れ落ちたのに、下の層はそのままだったことをだ。

「わたしが知りたいのは、どうして片方の層は落ちたのに、もう片方は落ちなかったのか、ってことなんだ」

「なんだ、かんたんなことだよ。元々《もともと》の絵の上に絵を描《か》いたのはきみのおじいさんだっていったよね？　表面の層が落ちた理由はそれだよ。若かったんだ。あとになって描《か》かれた絵だから」

サンジブさんは小さな紙袋《かみぶくろ》にカシューナッツを少しだけいれて、わたしに手わたしてくれた。

「下の層はずっと古かったんだろうね。消毒アルコールが影響《えいきょう》を与《あた》えなかったっていうことは、ずいぶん古い絵なんだと思うよ」

わたしは、カシューナッツをゆっくりかみながらうなずいた。「油絵の具のいちばんいいところは、乾《かわ》くのに時間がかかることだって、よくおじいちゃんがいってた。おかげで、時間をかけて描《か》けるし、何度でも描《か》き直せるって」

「ちがうよ、乾《かわ》くんじゃないんだ」サンジブさんは人差し指をワイパーのように動かしている。「油絵の具は乾《かわ》くんじゃないよ。空気中の酸素と反応して固くなるんだ。専門用語だと『酸化重合による固化』っていうんだけどね。でも、おじいさんは正しいよ。テレピン油みたいな溶《よう》剤《ざい》や消毒アルコールにも負けないぐらい固くなるには、長い長い時間がかかるからね」

「長いって、どれぐらい？」

「百年ぐらいかな」

わたしの声は興奮で少し震《ふる》えてきた。「ということは、たとえば四、五十年前の油絵の具なら、消毒アルコールで落ちちゃうってことだよね？」

「そこまでは、はっきりいえないな」サンジブさんはありもしないひげを探すように、つるつるのあごをなでながらいった。「にじむとは思うけど、そんなにかんたんに落ちるかな？　よくわからないよ」

わたしたちは甘《あま》い蒸気をあげる屋台の横に突《つ》っ立って考えこんだ。考えすぎたせいでにじみでてきたみたいな汗《あせ》を額に流しながら。

「もしかしたら、おじいさんはちがった種類の絵の具を使ったのかもしれないよ。たとえばアクリル絵の具とか。油絵の具ほどには定着しないからね」

なにか落ちやすいものをわざわざ使ったということか。「だけど、おじいちゃんがなにを使って、いつ描《か》いたとしても、下の層の絵は古いものだっていうことだよね。落ちなかったんだから」

「それが油絵の具だとしたらその通りだよ。少なくとも百年、もしかしたら二百年はたってるかもね」

「ひょっとして五百年とか？」

サンジブさんは笑った。「そうそう。ひょっとしたら五百年。ひょっとしたら原始人が描《か》いたのかもね」

「へへ、そうだね」

「価値のある絵だと思ってるんだね？　その絵を売りなさいよ。そうすればお金が手にはいって、トースティ・ナッツを買えるようになるよ」

わたしは一ドル札をひっぱりだして、サンジブさんに手わたした。これで残り三百二十ドル。

「サンジブさん、もしこの絵がわたしが思っている通りのものだったら、屋台ごと買ってあげるよ」


「本物だよ！　本物だったよ！」

わたしの声に、カツァナキスさんのダイナーのお客さんの半分はふりむいた。ボーディは別にして。ボーディは相変わらず頭を下げて、スマホに目を落としたままだ。きつく編みこんだ二本の三つ編みの分け目がくっきり白く見えている。「なにが本物だって？」つぶやくようにそういう。

わたしはあきれたようにぐるっと目玉を動かしながら、ブース席にすべりこんだ。「あの絵に決まってるでしょ」

「あの絵って？」

めまいがする。「なにいってるの？　ふざけてるわけ？　わたしの……」

ボーディは顔を上げてにやりと笑った。白いボタンダウンのシャツに日に焼けた顔が映《は》えている。「バカだな。忘れると思う？　これは最新のインデペンデント・プロジェクトなんだからね。本気で取り組んでるんだよ。それに、あの寺院でいろんなことがわかったんだから」

はいはい、ジョークね。わたしはほっとして、ビニールの座席に深くすわった。

「で、モロッコはどうだった？」

「暑かった。ニューヨークは？」

「おんなじ」

ウェイトレスがやってきて、テーブルにメニューをふたつ置いた。「注文は？」

ボーディはわたしの顔を見た。「パイ？」

「わたしはいい。食べたばっかりだから」そういってメニューを返した。「お冷《ひや》をお願いします」ウェイトレスは顔をしかめたけど、ボーディにおごってもらうのがあたりまえみたいにはしたくない。それにもっと悪いのは、つぎにきたときに、わたしが払《はら》うのを期待されることだ。

「わかったよ」ボーディはそういって肩《かた》をすくめた。「それじゃあ、チェリーパイをひとつ」メニューを返しながらいう。「それと水ね」背中をむけてさっさと遠ざかるウェイトレスにむかってそういってから、わたしのほうに顔をむけた。「で、本物ってなんのこと？」

「うん、あれは本物の古い絵だってわかったんだよ。っていうのは……」

「ハイパースペクトル画像でたしかめた？」ボーディが口をはさんだ。

「そうじゃなくて、ただ……」

「じゃあ、蛍光《けいこう》X線元素分析《ぶんせき》で？」ボーディはまたスマホをたたきはじめている。「それとも、木の板に描《か》かれてたんだから年輪年代学か」

「ネンリン？　ちがうよ。いったい、どこでそんな……鑑識《かんしき》学の学位でも取ってきたの？　モロッコの寺院だかなんだかにこもってたんだと思ってたけど」

「うん、そうだよ。でもWi-Fi《ワイ・ファイ》があったから。いったでしょ？　それにママはほとんどの時間、神秘主義者たちとぐるぐる回って踊《おど》ってたから、わたしはそのあいだ、インターネット大学で勉強してたんだ。年代測定法のこと、いっぱい学んだよ」

ウェイトレスがもどってきて、ボーディの前にピカピカ光るチェリーがたっぷりのっかった、大きくカットされたほかほかでサクサクのパイを置いていった。

わたしはただの水の氷をカラカラと鳴らす。

「わたしもいろいろ調べてたんだ。ちょっときいてね」

わたしはサンジブさんとの会話をそっくりそのまま話した。そしてわたしなりに理解した化学的な部分をひとつひとつ強調した。話せば話すほど、自分自身、どんどん納得《なっとく》していく。

ボーディは疑わしげだ。

「そのサンジブさんに対して悪気はないんだけど、カドワラダーの連中が、トースティ・ナッツの売り子の専門的証言を受けいれると思う？」

「あの人たちがどう思おうと関係ないよ。サンジブさんがいうように、下の層が古い油絵なんだとしたら、ジャックが描《か》いたものじゃないってことはたしかでしょ？　つまり、贋作《がんさく》じゃないってこと。ジェンマはまちがってた。少なくとも、この点についてはね」

「うーん、まあそうかもね」ボーディはじっくり考えるようにモグモグと口を動かし、さらにもうひと口、パイをほおばった。そのあいだ、わたしは氷をしゃぶっている。「わたしは赤外線解析《かいせき》の結果を見るまで結論はだせないな。それに、絵の来歴はどうなった？　あの絵についての参考資料とか、前の持ち主のリストやなんかは見つけた？」

ブースの中の雰囲気《ふんいき》が変わってしまった。それに安っぽい合板のテーブルをはさんで、とつぜん、チームメートというよりライバル関係のようなものが生まれた。

「いったい、どうしたっていうの？」少しばかり、いいわけがましいと思いながらわたしはそういった。「『ワーオ！　この絵は三千七百万ドルの価値があるよ』っていってたのはボーディの方じゃない」

「それは調査をはじめる前のこと。いろいろな証拠《しょうこ》に基《もと》づいたら、セオが自分の家でいきなりラファエロやダ・ヴィンチの絵を見つけるなんてことはありえないって思えてきたの。たとえ、フラ・アンジェリコだとしてもね」ボーディはフラ・アンジェリコまで知ってるってこと？

「だって、みんな超巨匠《ちょうきょしょう》だもん。そんなにかんたんに場ちがいな場所にふらふらでてきたりしないよ」

「ジェンマみたいだね」わたしは唾《つば》を吐《は》くようにその名前を口にした。

「それはちょっときついな」ボーディは静かにそういった。「わたしはただ調査の結果わかったことをいってるだけで……」

「そうだね。わたしも、調査の結果わかったことをいってるだけ。そして、わたしの調査は」そこでボーディの手に握《にぎ》られたスマホをあごでさし示しながらつづけた。「そんなものは使わないで、本物の美術館で、本物の画家が描《か》いた、本物の絵を見ながらやってきたの。だいたい、ボーディはラファエロの絵を見たことあるの？　本物の絵を生で」

「セオは？」

「あるに決まってるじゃない。たくさん見てきたよ。ナショナル・ギャラリーで、フリック美術館で、それにメトロポリタン美術館でも……」

「わかったよ。じゃあ見せて」ボーディはテーブルの上に音を立ててフォークを置いた。

「見せて、って、なにを？」

「本物のラファエロだよ。メトロポリタン美術館はニューヨークにあるんでしょ？」ボーディはお札を何枚かテーブルの上に投げだすと、ブース席から飛びだしていった。白いボタンダウンのシャツにチェリーの汁《しる》がたれている。「さあ、いこう」

「これから？」

「文句ある？」ボーディはうすら笑いを浮《う》かべてわたしを見下ろしている。「ほかになにか予定がなければだけどね」

そんな予定がないことは承知の上だ。テーブルの上の半分ほど残ったパイに、名ごり惜《お》しげにちらっと目をやってから、わたしも立ち上がり、ボーディを追って外にでた。

8

わたしたちは地下鉄でさんざん自分の言い分を主張しながら、一時間ほどかけてメトロポリタン美術館までいった。途中《とちゅう》で二回、車内で演奏しだした別々《べつべつ》のマリアッチ・バンドにじゃまされたけど。これで三百十七ドル五十セント。まっすぐイタリア・ルネッサンス部門にいきたかったのに、ボーディは大理石張りのメインホールの真ん中で立ち止まると、なにもかも全部見たいと宣言した。

「なにもかも全部？」わたしは南北と西三方向の入り口にぐるっと目をやり、それぞれのむこうに広がる膨大《ぼうだい》な展示物を思って軽くよろめいた。「何週間もかかるよ。それどころか、何か月も、かも。わたしは週に一回、ときどきは二回、三回、おじいちゃんといっしょに通ってきたけど、まだ全部は見てないんだから」

「それなら、いそいだほうがいいんじゃない？」

まずはボーディを受付カウンターにつれていって、わたしはいつもの一セントを払《はら》った。これで三百十七ドル四十九セント。ボーディはおすすめの金額を満額プラチナ・カードで払《はら》った。わたしたちはシャツの襟《えり》に入場券代わりのMバッジをつけると、いついっても観光客でにぎわっているデンドゥール神殿《しんでん》にむかった。

ボーディはこの神殿《しんでん》にすっかり夢中になっている。全部のアングルから見るといいはったし、ヒエログリフをスマホのカメラで撮《と》って、ダウンロードしたアプリを使って解読までしようとしている。中でも、十八世紀に彫《ほ》りこまれた落書きは特に気に入ったようだ。

「オンダワンは信じないだろうな！」ボーディはその写真も撮《と》って、ラッパーの友だちに送っている。「ヒップホップの歴史をやったとき、落書き《グラフィティ》のトレンドにも取り組んだんだよ」

デンドゥール神殿《しんでん》に飽《あ》きると、願いの堀《ほり》の方にぶらぶら歩いていって、コインを投げこんだ。

「なにを願ったと思う？」

「さあ？　なに？」

「だめだめ。いわないよ。いったら願いがかなわなくなっちゃうから」ボーディは三つ編みの髪《かみ》を耳の後ろにひっかけ直した。「よし、つぎはなに？」

バケーションのあいだに取り組んだ調査は、ボーディを美術に関する我流《がりゅう》の専門家にしただけじゃなくて、美術全般《ぜんぱん》に対する愛情まで目覚めさせたようだ。

ボーディの熱意はわたしにも伝染した。いつのまにか、わたしも夢中になって、美術館のお気に入りの場所のあれもこれもを、かけずりまわって見せていた。ひと部屋の壁《かべ》をまるまるだまし絵でおおいつくして再現したグッビオ宮殿《きゅうでん》の書斎《しょさい》。中国の明時代の庭園。大仏像とそれがかもしだす、桁外《けたはず》れの穏《おだ》やかさ。チャールズ・ヘンリー・デムスのサイケデリックな『私は黄金の5という数字を見た』。ステンド・グラスのような青いタイルで飾《かざ》られ、お祈《いの》りのことばで囲まれたイスラム教の祈禱《きとう》用の壁龕《へきがん》。男性画家の絵だらけの美術館のど真ん中に、二枚ならべて飾《かざ》られたフランスの女性画家の自画像。

ボーディは自分なりのやり方で美術館を体験している。たとえば、ギリシャ彫刻《ちょうこく》とおなじポーズをとって、観光客のだれかがぶつかってくるのを待ったり、お金持ちのマダムのように大声でしゃべりながら歩きまわったり。

「ウォーホルはいくらで買えるのかしら？　あらまあ、特売セールを待つことにするわ」

ボーディは手のこんだ探偵《たんてい》ごっこも編みだした。絵の中に描《えが》かれたアイテムのつづりの最初の文字をつなげて、秘密のメッセージを読みあてるというものだ。それから、「アタック！」というゲームも生みだした。甲冑《かっちゅう》を身につけた人形の後ろに隠《かく》れて、「アタック！」と叫《さけ》びながら飛びだして、おたがいにおどろかしあうという単純なものだけど。

「ちょっとそこのお嬢《じょう》さん方、静かに！　ここは美術館ですよ。運動場じゃないんだから」

トリニダード風のアクセントに気づいてふりむくと、やっぱりベルナデットだった。おじいちゃんといっしょに働いていた警備員だ。

「あら、セオじゃないの。いい子だから、こっちにきてキスしてちょうだいな」

ベルナデットはわたしをやさしく抱《だ》きしめた。ジャックのときもそうだったようにボタンがほっぺたに冷たく当たる。

「あんただってわかってたら、あんなに乱暴にはいわなかったのに。でも、静かにしてちょうだいね。最近じゃ、お偉《えら》いさんたちがカリカリしてるから」

「なにかあったの？」

「そうなの」ベルナデットはまわりを見てから、身を乗りだしていった。「絵が一枚盗《ぬす》まれたのよ」

ボーディとわたしは凍《こお》りついた。

「ほんとに？」わたしはささやき声でたずねた。「いつのこと？」

ベルナデットは、ゆっくり溶《と》けていくチョコレートを味わうように、そのニュースを話してくれた。「一か月ぐらい前ね。もしかしたら、もう少し前。ちゃんとはわかってないのよ。だいぶ前に倉庫に送られた絵なんだけど、展覧会のために取りにいったら、煙《けむり》のように消えてたってわけ」

「煙《けむり》のように？　それ、ほんと？」ボーディはわたしの顔を見た。

「そう、煙《けむり》のように。それだから、館内でのバカ騒《さわ》ぎは困るってわけなの。これは秘密だからね。わかった？　それから、ねえセオ、たまには顔をだしてちょうだいね。あんたのおじいちゃんがいなくなってさびしいよ。頑固《がんこ》じじいだったけどね。だけど、いい頑固《がんこ》じじいだった」


ベルナデットのニュースで目の覚めたわたしたちは、ことばも交《か》わさず、まっすぐに問題の場所へとむかった。

イタリア・ルネッサンス部門に着くと、ギルランダイオやマンテーニャ、ボッティチェリの前を通りすぎ、メトロポリタン美術館に一枚だけあるラファエロの絵『コロンナの祭壇画《さいだんが》』の前に立った。

わたしたちはしばらくのあいだ、圧倒《あっとう》されてことばもなく突《つ》っ立っていた。

「ワオ」とうとうボーディがつぶやいた。

「うん」わたしが応《こた》える。

「これはすごく……」

「うん、すごく……」

「すんごく……」

「ああ」ボーディはようやくそんな声をだした。

「うん」わたしはそっと息を吐《は》く。「ああ」

「これは、その……」

「きれいだよね」わたしはうなずく。

「それに……」

「優雅《ゆうが》だよね」

「それに……」

「軽《かろ》やかだよね」

「わたしは退屈《たいくつ》だっていおうとしてたんだけど」ボーディがいった。「でも、軽《かろ》やかっていうのもわかるな」

「わたしたちの絵も」いまではもうそれで通じる。「すごく……」

「深い」しぼりだすようにボーディがいった。

「それに……」

「悲しい」

「それに……」

「リアル」とボーディ。

「わたしは複雑なニュアンスがこめられてるっていおうとしたんだけど」どこかの本で読んだだれかのことばだ。「でも、リアルっていうのもわかる」

わたしたちは、まただまりこくった。

「たぶん、ききたくないと思うけど」最後にボーディが、静かに話しはじめた。「でも、きっとセオもわかってると思う。アトリエにあるあの絵とこの絵は似てないよ」

わたしは肩《かた》のところでねじれていたセーター製のバッグのストラップを直した。「わかってる。だけど……」

「だけど、はやめて」ボーディは祭壇画《さいだんが》の高貴な聖母とふっくらした幼子イエスと幼い洗礼者ヨハネ、それにお墓や敬虔《けいけん》な聖人たちを指さした。「これは、ほら、とても静かで、……なんていうか完璧《かんぺき》だよね。わたしたちの絵は……エッジがきいてる?」

「魂《たましい》がこもってる」わたしはそういい直した。

「そっか、魂《たましい》ね」ボーディがうなずく。

ボーディは正しい。

だけど、わたしも正しい。

「実をいうと、この祭壇画《さいだんが》はわたしを悩《なや》ませる完全な見本みたいなものなんだ」わたしは床《ゆか》にどさっとすわりこんで、バッグから本を取りだした。「様式の点からいうと、わたしたちの絵とも合ってる。筆のタッチとか、配色とか、ジャックが技術的観点っていってた、画家が意図して使った描《か》き方っていう点からはね。どの絵もこの祭壇画《さいだんが》と似てるでしょ」わたしはあちこちの本をパラパラとめくって、ラファエロの有名な聖母子像をいくつかならべた。「だけど、雰囲気《ふんいき》は合ってない。ほら、このマリアたちを見て。この祭壇画《さいだんが》とおなじだよね。どれも完璧《かんぺき》。どれも完璧《かんぺき》に美しくて、完璧《かんぺき》に穏《おだ》やかで……」

「完璧《かんぺき》に退屈《たいくつ》」わたしのとなりにすわりこんだボーディがいった。

「うん、そうともいえるかも。どれも理想化された絵なんだね。実際に、その辺にいる本物の人間に似せて描《か》かれたものじゃない。どの絵も、なんていうか、手が届かないような存在として描《か》かれてる。どこか別の世界の人っていうか」

「天国ってこと？」

「そう、その通り」わたしはバッグからほかの本をだした。「今度はこっちを見て。この絵もラファエロが描《か》いたものなんだ。この貴婦人の名前は……」わたしはページの下を確認《かくにん》した。「エリザベッタ・ゴンザーガ」

本の中からわたしたちを見下すように、薄目《うすめ》をあけて、口元はにこりともしていない。

ボーディがヒューと口笛を吹《ふ》いた。「この人、リアルだね」

「そうなんだ。似た人と会ったことあるんじゃない？」

「できれば会いたくないって思ってる人に似てる」

「でしょ！　それって、この人の悪いところもふくめて人間性を感じ取ってるってことだよ。じゃあ、こっちの絵は？」

わたしは赤いマントをはおったひげの老人の絵を探した。

「こいつはまた、いかめしいおっさんだね」ボーディがいう。

「教皇のユリウス二世だよ。ラファエロのいちばん重要なパトロンだった。この絵が描《か》かれてすぐに亡《な》くなったんだけどね」

「この絵を描《か》いてる最中に死んだんじゃなくて？」

「なんだか、疲《つか》れ切ってる感じだよね。しおれてる。世界でいちばんの権力者の絵だとはとても思えない。つぎはこっちを見て」よどんだような目で天国を見上げている太った男の人の絵を見せた。「ラファエロはこの人たちの欠点を修正してないでしょ。見た通りに描《か》いてる。完《かん》璧《ぺき》じゃない、本物の人間として」

「だけど、この人たちがリアルな人間に描《か》かれてても、なにも不思議じゃないよね」

「どういう意味？」

「なによ、いまじゃ、わたしも絵の専門家なんだからね」ボーディは小首をかしげてわたしを見た。「どれも本物の人間のはずだよ。だって、いまわたしに見せた絵はどれも肖像画《しょうぞうが》なんだから」

そう、その通りだ。この人たちは修正して聖人や天使として描《か》くためのモデルじゃない。どれもこれも実在の人物の肖像画《しょうぞうが》なんだから。

ということは、わたしたちの絵も……。

「おや？　そこにしゃがみこんでるのは、まさかセオドラ・テンペニーじゃあるまいな」

ボーディとわたしが顔を上げると、パリッとしたリネンのスーツを着た、背が高いけれど腰《こし》の曲がった老人が立っていた。両手で杖《つえ》のシルバーの持ち手を握《にぎ》っている。

「ランドルフさん！」わたしはボーディを立ち上がらせて、握手《あくしゅ》するように手を差しださせた。

「こんにちは！　友だちのボーディを案内して歩いているところなんです」

「はじめまして、ミス・ブロディとおっしゃったかな？」老人はボーディの手をうやうやしく握《にぎ》ったが、ボーディが訂正《ていせい》する前にわたしの方にむき直って両手を広げた。「さあ、セオドラ、そのランドルフさんとやらはいったいどこのだれなんだい？　いったい何度いったらライドンおじさんと呼んでくれるんだい？」

わたしは弱々《よわよわ》しいハグを受けいれた。襟《えり》に差してある新鮮《しんせん》なピンクのカーネーションがわたしの顔に当たる。ヨーロッパ絵画部門の主任キュレーターのライドン・ランドルフは、ジャックが美術館で働いていたときのボスだった。でも、理由はよくわからないけれど、ライドンは自分を画家としてのジャックの重要なパトロンだと考えるのが好きなようだった。昼間の働き場所を提供することで、絵を描《か》きつづけさせているという意味で。

ハグからのがれようとするわたしの手をつかんで、ライドンはいった。

「わたしのかわいいセオドラ」ライドンは落ちぶれた南部の貴族を思わせるようなアクセントの猫《ねこ》なで声でいった。「きみのおじいさんが亡《な》くなったときいて、どれほど悲しかったことか」

わたしはスピニー通りのしみを思い出して、「亡《な》くなる」ということばではあのときのようすをとらえることはできないと思った。

「ジャックはレンブラントの絵とおなじくらい、この部門には欠かせない存在だったもんだ。思い起こしてみれば、きみもそうだったがね」ライドンはわたしの手をはなすと、大理石の床《ゆか》に目をやった。「ちょうどこの場所でクレヨンを握《にぎ》ってるきみを、数えきれないぐらい見かけたものさ。でも、今日はクレヨンは見当たらないようだね」そういうと、わたしの足元に散らばった本の一冊に目を留めた。それから、杖《つえ》で体のバランスを保ちながら、苦労して身をかがめて、一冊拾い上げた。『ラファエロ・サンツィオの人物と肖像画《しょうぞうが》』だな。元のイタリア語版の方がもっといいが、これはすばらしい本だよ」そういってわたしの手に返す。「夏休みの軽い読書かな？」

わたしはその本をバッグにいれると、床《ゆか》に散らばった本もいそいで集めた。

「えっと、さっきもいったけど、友だちのボーディにあちこち見せてるだけなんです」わたしはボーディに顔をむけ、眉《まゆ》を山なりにして、気をつけるように合図した。「ランドルフさん、じゃなくて、ライドンおじさんは、このヨーロッパ絵画部門の主任キュレーターなんだよ」わたしは意味ありげにいった。

「名誉《めいよ》、がつくんだがね」そういうと、ライドンは芝居《しばい》がかったおじぎをしてみせた。

「どういう意味？」ボーディが鋭《するど》くつっこむ。

「わかりやすくいいかえますならば」そういって、またおなじおじぎをする。「引退したということだよ」

「じゃあ、なんでここにいるの？」

ライドンは小さく咳《せき》をするように笑った。おとなたちがよくやる、めんどうくさいと思っているときの笑いだ。「メトロポリタン美術館で五十年働いた者に与《あた》えられるたくさんの特典のひとつとして、ひきつづき研究をするためと、後進の指導のために専用のオフィスが与《あた》えられるんだよ」

ボーディの顔がぱっと輝《かがや》いた。とっさに、ボーディがなにかまずいことをいいだすだろうと気づいてしまった。

「五十年？　すっごい。きっと、ここのことならなんでも知ってるんだろうな」

ライドンはくすっと笑った。「さあ、わたしの目がどこまで届いていたのかは……」

「たとえばさ、絵がなくなっちゃったなんてことがあったら、知らないわけないよね」

わたしはもう一度ボーディにむかって眉《まゆ》を上げ、ダ・マ・レと信号を送ろうとした。

ライドンの腰《こし》が少しだけ伸《の》びた。「メトロポリタン美術館では、開館した一八七二年以来、一枚の絵も盗《ぬす》まれたことはないんだ。ボストンのガードナー美術館にはおもしろい話があって……」

「きいてたのとちがうな」

ライドンは静かにボーディを見てから、わたしの顔をじっと見つめた。「なんだって？」

「わたし、きいたんだ」ボーディは考えがあるんだというように、ひそかにわたしにむかってウィンクをした。「わたしたち、ここの絵が一枚なくなったってきいちゃったんだよね。どうなの？」

さっとまわりを見てから、ライドンはぴしゃりといった。「ついてきなさい」ライドンはみがきたてでピカピカの靴《くつ》でくるっと回ると、つかつかと歩きだした。杖《つえ》をついた年寄りとは思えないいきおいで部屋をでていく。

「どういうつもり？」声がきこえない距離《きょり》を保ってライドンのあとにつづきながら、わたしはボーディにむかってささやいた。

「あの人がどれくらい知ってるのか、さぐりをいれたんだよ！」ボーディがささやき返す。

「そんなのどうでもいい。逆に、わたしたちがどれだけ知ってるのか、知られちゃうよ！」

「そっか、そこまでは考えてなかった」ボーディは肩《かた》をすくめた。「ごめん」

わたしたちはライドンについていった。いくつも部屋を通り、何度もエレベーターを乗り換《か》え、目立たないドアを通り、いかにも裏側といった廊下《ろうか》を通り、ずらりと本のならんだオフィスにたどりついた。ドアにはライドンの名前が書かれた真鍮《しんちゅう》のプレートが貼《は》ってあって、窓からはセントラルパークが一望できる。

ライドンは手で、背もたれがまっすぐな椅子《いす》にすわるように合図して、自分は堂々《どうどう》としたマホガニーの机のむこう側にすわった。

「さて、お嬢《じょう》さん方」ライドンは万年筆を取りだすと、あごの下あたりにそえ、落ち着きはらった笑顔《えがお》を浮《う》かべた。「いったい、どういうことなのかな？」

わたしはボーディが話しはじめる前に腕《うで》に手を強くおしつけた。「なんでもないんです。警備員の人が絵がなくなったって話してたのをきいただけで」

ライドンは椅子《いす》の上で居心地《いごこち》悪そうにすわり直した。「なるほど。くだらない噂話《うわさばなし》は信じちゃいけないな」

「はい。ほんとに。ただの噂《うわさ》なんか」わたしはすぐに答えた。

「人間っていうものは、とりわけ従業員ってものは、ゴシップが好きだからな。ささいな誤解をふくらませて、くだらない尾《お》ひれをつけるものなんだ」

「はい、そうですね」

「きみのおじいさんは、長い長いあいだ、このメトロポリタン美術館のとても優秀《ゆうしゅう》な警備員として働いてくれた。きみがこの美術館の評判を汚《けが》すような根も葉もない噂《うわさ》を広げているなどと知ったら、さぞかしがっかりすることだろう。警備員たちみんなの評判にもかかわることだし」ライドンは眼鏡《めがね》の上から刺《さ》すようにわたしを見つめた。

わたしは負けずににらみ返した。「ジャックは評判なんて気にしてませんでした。自分自身の評判も美術館の評判も。ジャックが気にしてたのは、ただ、芸術のことだけでした」

「そう、そうなんだ、セオドラ。きみのいう通りだ。ジャックは美術館の収蔵品のことを深く気にかけていたからね。ジャックが美術品以上にたいせつに思っていたものは、ほかになかっただろ？」

わたしはアトリエにあったあの絵のことを考えた。上から絵を描《か》いて何十年も隠《かく》していたあの絵のことを。あの絵を安全に守るために隠《かく》しつづけていたんだ。とつぜん、わかった。

「はい」わたしはゆっくりうなずいた。「はい、そうでした」

ライドンは立ち上がり、机の前にまわってきて、わたしたちにおおいかぶさるように立ちふさがった。

「だからこそ、なんの根拠《こんきょ》もない話をあちこちでいいふらしたりしてはいけないんだ。そんなものは、きいた人を混乱させるだけだからね」ライドンは机の角に腰《こし》かけた。「人を混乱させたくはないだろ？」

「ふたりとも、なにをいってんの？」ボーディが口をはさんだ。「ほんとのところ、絵が一枚なくなったんでしょ？　ほんとのことをいって、なんで人が混乱するのよ？」

ライドンの「心配しているおじさん」の化けの皮が剝《は》がれた。

「いいか、ふたりとも。この件について、これ以上いっさい話すんじゃない。それだけだ。あれは、小さいが莫大《ばくだい》な価値のある、とても重要な絵なんだ。もし噂《うわさ》が広がってしまったら、闇《やみ》市場に埋《う》もれて、二度と取りもどすことができなくなる。特に、信用できない連中の手にわたったと知られてしまったら」

「ああ、それなら、信用できないってことはないと思うな」ボーディはそういってしまってからわたしを見て、あわてて手で口をおさえている。

小さな部屋はぞっとするような静けさに満たされた。

「ありえないことなんだ。あの絵を館外に持ちだすのは無理なんだ。警備の目をかいくぐるなんて……」ライドンはそこでことばを切った。

わたしはなにもいわなかった。ありがたいことにボーディも。

ライドンが万年筆でイライラとひざをたたきはじめた。

「ジャックがいつも金に困っていたのは、秘密でもなんでもなかった」ライドンは声を張り上げた。「このわたしが何年も仕事を保証してやったのに」万年筆でひざをたたくたびに、こぎれいなズボンに青いインクが飛び散った。「だが、ジャックは前もって『引退計画』を練っていたとしたら？　あの絵を持ちだして、なにを考えたんだか、十歳《さい》の女の子の手に渡《わた》すような」

「十三歳《さい》」わたしは訂正《ていせい》した。

ライドンはぴょんと立ち上がって、わたしの腕《うで》をつかんだ。手についたインクには気づきもせずに。

「いいか、よくきくんだ。この悪ガキめ。デ・クーニングを小脇《こわき》に抱《かか》えて、質屋に持ちこめるとでも思ってるのか？　おまえは、あっというまに逮捕《たいほ》されて……」

「デ・クーニング？」わたしは息をのんだ。「なんの話？」

「決まってるだろ。なくなったデ・クーニングの絵だ」ライドンはそこで咳払《せきばら》いをした。「いや、そうじゃなくて、なくなったと噂《うわさ》されてる絵のことだ」

ウィレム・デ・クーニングが二十世紀のオランダ生まれの抽象画家《ちゅうしょうがか》だということはわたしでも知っている。聖母マリアの絵とは似ても似つかない絵だ。

ライドンはぜんぜん別の絵の話をしている。

けれども、わたしが衝撃《しょうげき》から立ち直るより前に……。

「デ・クーニングってだれ？」ボーディが口をはさんだ。「わたしたちは、てっきりラファエロのことを話してるんだと思ってた」

ライドンはボーディを見つめて、ゆっくりとわたしの腕《うで》から手をはなした。

「なんの話だ？」

「なんでもない」わたしはようやく口を閉じたボーディをにらみつけた。

ライドンは椅子《いす》にすわり直して、わたしを見ている。

「なんということだ。ほかにも絵があるというのか？」ライドンはゆっくり考えている。それから、イタリア・ルネッサンスの本でふくらんだわたしのバッグに目をやった。「ラファエロだと？」そうささやく。

ボーディは飛び上がるように立つと、さっきようやく自由になったばかりのわたしの腕《うで》をつかんで、ドアの方へひっぱった。「ちがうよ。なくなった絵なんかない。そうでしょ？　さっきそういってたじゃない。ということは、この会話ははじめっからなかったってことだよ」

ライドンがドアのところまでできたとき、わたしたちは階段のすぐ手前まできていた。ライドンが腹を立てているのが、逃《に》げだしたわたしたちに対してなのか、インクで汚《よご》れたスーツに対してなのかはわからないけれど、ライドンの口汚《くちぎたな》いののしりことばが階段ホールに響《ひび》きわたった。

9

わたしたちはセントラル・パークを半分ほど横切るまで走りつづけて、ローラースケート用の広場にたどりついた。話ができるまで息がととのうのに、広場で流れている『ディスコ・インフェルノ』一曲分ぐらいの時間がかかった。

「それで」ボーディがあえぎながらいう。「あの人が話してたのは別の絵のことなんだね。デコーンだかデクーンだか」

「デ・クーニングだけどね」わたしは力なくうなずいた。

「じゃあ、ジャックはその絵も盗《ぬす》んだってこと？」

わたしは痛む脇腹《わきばら》をさすりながら答えた。

「どっちも盗《ぬす》んでないんだと思う」わたしはゆっくり話しはじめた。「まあ、ジャックがあの絵を盗《ぬす》んだ可能性はないわけじゃないけど。四十年ぐらい前にね。だけど、正直なところ、去年あたりに消えたあまり有名じゃないデ・クーニングの絵であんなにぴりぴりしてるんだよ。

ラファエロなら、徹底《てってい》的な捜索《そうさく》がとっくにおこなわれてるはずだと思う」

「じゃあ、ジャックがどこであの絵を手にいれたかは、まだわからないってことだね」

「そうだね」わたしは大きく息を吐《は》いた。「でも、ライドンはいいところを突《つ》いてた。わたしはあの絵を質屋だの、アンティークショップだのには持っていけない」

「カドワラダーにも、だよね。どこも、本物の絵だなんて考えもしない」

「だからジェンマはバカだっていうんだよ。どんなにいい靴《くつ》をはいてたって、バカはバカ」

「同感」ボーディは木の陰《かげ》にどさりとすわった。

「たしかに、あの絵は盗《ぬす》んだものかもしれない」わたしもボーディの横にすわりこむ。暑すぎて、ペチコートが土で汚《よご》れることなんか気にしていられない。「でも、そうじゃないかもしれない。ジャックは正当に手にいれたのかも。わかってるのは、わたしがあの絵の出所やはっきりとした所有権を示す証拠《しょうこ》を見つけださない限り、盗《ぬす》んだものだと決めつけられてしまうってことだけ。そして、そもそもジャックがどうしてあの絵をわたしに託《たく》したのかわからないまま、取り上げられてしまうってこと」

「売ることもできないままにね」

「だね」

やがて、わたしたちは公園の涼《すず》しい木陰《こかげ》をはなれ、ブロードウェイをゆっくり歩いて家の方にむかった。途中《とちゅう》で、まだ動きそうなミキサーを拾った。スピニー通りに着いたころには、太陽もニュージャージーのむこうに沈《しず》みかけていた。

ボーディはわたしの家の玄関《げんかん》前の階段に片足を乗せて立ち止まった。「それで、セオはあれは肖像画《しょうぞうが》だと思う?」

ブロードウェイを歩いているあいだじゅう、おなじ疑問がわたしの頭の中で渦巻《うずま》いていた。

「わからないな。ラファエロはラ・フォルナリーナを聖母マリアのモデルにして、何枚も描《か》いてるから。でも、そのどれもが、完璧《かんぺき》な聖母像に修正されてる。だとしたら、どうしてこの絵だけは……」

「きっと、この絵は……」

「ラファエロがただひとり心から愛したマルゲリータ・ルーティその人を描《か》いたから。そして、もしそうだとしたら……」

「あの子どもは?」

「決まってる」

ボーディはうわの空のようすでうなずくと、バイバイもいわずに自分の家の方に歩いていった。でも、わたしが玄関《げんかん》のカギをあけようとしていると、歩道にパタパタというスニーカーの音がして、街灯の明かりの下にボーディがあらわれた。

「もうひとつ別の質問」ボーディは息を切らせている。「あの鳥は、男の子の手から飛び立ってたよね？　今日、メトロポリタン美術館でイエスと鳥が描《えが》かれた絵は山ほど見たけど、どれもこれも、舞《ま》い降りてくるところだった。どれもこれも、光に照らされて、白と金に輝《かがや》いてた」

「ワオ」わたしはいった。「ちゃんと見てたんだね」

「だからいったでしょ。これは新しいインデペンデント・プロジェクトなの」そういって、にやりと笑う。「Aを取るつもりなんだから」

ボーディはあの絵の真偽《しんぎ》を決定する証拠《しょうこ》、もしくは来歴、もしくはその両方を見つけるまでは、メディアルームにひきこもってパソコンの前からはなれないと宣言した。

わたしは自分の家のキッチンでテーブル中に本を広げていた。すると、夜の十二時をまわったころ、母さんがぶらっとはいってきて、食器棚《しょっきだな》の扉《とびら》をあちこちあけはじめた。

「母さん、いったいどうしたの？」朝にティーショップまででかけていくのを別にして、母さんが部屋からでてくることはめったにない。

「あら、セオ、いたの？　あなたを呼んでたのに。紅茶を切らしちゃって」母さんはシンクの下のバケツや掃除機《そうじき》のあいだをごそごそ探しはじめた。「ヤカンはどこ？」

思わずため息がでる。

「まかせて」わたしはコンロの上のいつもの場所にあるヤカンをさっとつかんで水をいれた。

「どうかしたの？　いきづまってるとか？」

母さんは不揃《ふぞろ》いのキッチンチェアのひとつにどさりとすわって、窓の外の暗闇《くらやみ》を見つめている。「方程式がね。眠《ねむ》れないの」

「わたしも」

はれぼったいまぶたの下の目がテーブルの上の本を見わたした。「あら、そうなの？　ディオファントス方程式かなにか？　それなら、わたしにも手伝えるかも……」

「ううん、方程式じゃないんだけど、問題があってね」

「ちょっと見ていいかしら？」そうつぶやきながら、分厚い作品集のページを開いた。

「数学の問題じゃないんだ」わたしは欠けたティーカップをテーブルの上に置き、カモミールの葉がつまった古いけどきれいなナイロン・ストッキング製の袋《ふくろ》を放りこんだ。「ジャックと関係のあることなんだけど」

「あらそう」うわの空のようすでページをパラパラめくる母さんが、ハミングをはじめたのがきこえた。母さんはジャックの死を考えるのは嫌《きら》いで、数学の定理を思い浮《う》かべることでまぎらわそうとしているのがわかった。

わたしは花柄《はながら》のティーカップとソーサーを母さんの前に置いた。「その本、気をつけてね、わたしのものじゃないから」

「気をつけてるわよ」まるで子どもみたいだ。それから、ピッチャーをのぞきこむ。「ミルクは？」

「ないよ」つっけんどんに答える。もう一か月もね。

「あらそう」母さんはまた作品集に意識をもどす。「明日、買ってきてね」

ヤカンがピーッと鳴った。母さんはぴくりともしないで作品集に夢中だ。母さんの指がラファエロの幼子のふっくらしたほっぺたをやさしくなでている。

「動かなくていいよ、わたしがやるから」ちょっと声が大きすぎたかもしれない。

「どの絵も」母さんがいう。「なんていうか、とっても……」そういったまま、ゆっくりとページをめくる。まるで、つぎのページにつづきのことばが載《の》っているのを期待しているみたいに。

わたしはお湯をティーポットに注いだ。「それはね、ラファエロの絵だよ。わたしもちょうどあらためて見直してるところなんだ。ジャックはずっと好きだったよね。どの絵もすごく……」

「シンメトリカルね」

シンメトリカル？　どの絵のことをいっているのかと、母さんの肩《かた》ごしにのぞいた。どうやら、全部の絵のことをいってるみたいだ。母さんはつぎつぎとページをめくっている。

「聖母子像のことをいってるんだよね？　たしかに描《えが》かれている人物のあいだには調和があってバランスも取れてるよね。だけど、鏡で映したようなシンメトリーっていうのとはちがうと思うけど……」

「だけど、この母親と子どもは」そういいながら指でページに触《ふ》れる。「方程式の＝をはさんだ左辺と右辺みたいに完全よ」

わたしたち親子の場合はバランスの取れていない方程式だな、と思った。「ただの母親と子どもの絵だよ、母さん」

「いいえ、どれも完璧《かんぺき》なお母さんよ。完全な愛に包まれてる。ほら、ごらんなさいよ」

わたしはテーブルに両手をつき、前のめりになって『椅子《いす》の聖母』を見た。ラファエロの聖母子像の中でもいちばん有名な絵だ。母さんのいう通りかもしれない。太っちょのおチビさんに頰《ほほ》を寄せるこのお母さんは、アトリエにある聖母マリアとよく似てはいるけれど、ずっと幸せで平和に満ちたバージョンだ。しばらくのあいだ、湿《しめ》っぽいキッチンが穏《おだ》やかな空気におおわれたような気がした。

それから、母さんは本の最初のページを広げて、わたしのほうにおしてよこした。「それにこれも」

タイトルページはラ・フォルナリーナの絵で飾《かざ》られていた。あの、ヌード雑誌にでてきそうなトップレスの絵だ。

わたしは苦笑いした。「ああ、これね。これは聖母とはほど遠いな。ラファエロの愛人なんだ」

母さんは意味ありげに微笑《ほほえ》んだ。「いいえ、これもお母さんの絵よ。ほら、この胸のさわり方を見て。わたしもあなたが赤ちゃんだったころにはよくやったものよ。最後におっぱいをあげたのはどっちの胸だったかしら？　って。あなたがおっぱいをほしがったときに、どっちのお乳が張ってるか確認《かくにん》したのよ」

えっ？

「わたしだって、あなたを育てたんですからね」そうつぶやきながら、うわの空のようすで、片手をわたしの手の方に伸《の》ばしてきた。

おまえはわかってあげなくちゃいけないよ。おまえの母さんには「孤独《こどく》」が必要なんだ。おじいちゃんはそういっていた。母さんはハグをしたがるようなタイプじゃないともいっていた。心理学のマニュアルを見ていて「接触恐怖症《せっしょくきょうふしょう》」ということばを見つけたけど、きっとそれなんだろう。でも、呼び方やその原因はどうであれ、わたしはおどろいていた。というかショックを受けていた。母さんの手がわたしの手に重ねられるのを感じたからだ。

だから、ショックのせいでわたしが無意識にその手を払《はら》いのけたのは許してもらえるかもしれない。

だけど、ポットいっぱいの紅茶を、持ち出し禁止の作品集にぶちまけてしまったのを、エディーは許してくれるだろうか？

「タオル！　タオルを持ってきて、母さん！」わたしは悲鳴をあげた。わたしはキッチン中を探しまわって、使い古しの皿拭《さらふ》きタオルを手当たりしだいかき集めて、テーブルの上のカモミールティーの洪水《こうずい》の上に放り投げ、吸わせようとした。

必死になって拭《ふ》きとろうとしているときに、ふと顔を上げると、母さんが空になったティーポットをわたしのほうにさしだしている。

「お湯はもうないの？」母さんはお湯を吸ったストッキングを空中でぶらぶらさせている。

「これは無事だったから」

わたしは深く息をついた。それから、ヤカンを手に取って、お湯をティーポットに注いだ。するとと、母さんは取っ手と注ぎ口を用心深く持つと、階段を上がって、自分の巣にもどっていった。

十ページから百七ページまでを一枚一枚乾《かわ》かしながら、家の中で、ふっくらしたひとりではなにもできない赤《あか》ん坊《ぼう》でいられたら、どんなにすばらしいだろうと思った。でも、もっといいのは、気まぐれで神経質な小鳥になることだ。おどろかせて飛び立たないように、だれもがそっとつま先立ちで歩かなければいけないような小鳥に。

もし、わたしがその小鳥をおどろかせて、飛び立たせてしまったら？　なにかが変わるんだろうか。いまではとても払《はら》うことのできないティーショップの支払《しはら》いを節約できるという以外に。だけど、わかっている。それは、テンペニー家がテンペニー家でなくなってしまうことを意味する。テンペニーの名前は、わたしがかつて住んでいた家のドアに残るだけになってしまうだろう。そして、わたしは養子にだされる。

そのときわたしは、ほんとうに、まちがいなく、完全にひとりぼっちになってしまう。

一時間ほどかけて、作品集を一ページずつぬぐい、乾《かわ》かし終え、冷たいお風呂《ふろ》に入ろうと二階にのぼりかけたところで、玄関《げんかん》のドアをバンバンたたく音がきこえた。

夜中にドアを勢いよくたたく理由なんかひとつしかない。もう手遅《ておく》れだと思いながらも、盗《ぬす》まれた絵を何週間も警察に提出しないままにしていたいいわけをあれこれ考える。ところが、玄関《げんかん》のドアをおしあけると、そこに見たのは、ポーチの陰《かげ》で踊《おど》りまわっているボーディの姿だった。

「絵はどこ？　あの絵はどこにある？」ボーディは息もつがずにいう。

わたしはボーディを手まねきしながらいった。「アトリエだよ。もちろん。でもどうして？」

ポーチにでて、あたりを見回す。アイドリングしているパトカーは見えない。

「じゃあ、とってきて！　ラファエロについてのあのでっかい本もね。調査旅行にでかけるんだから！」

「これから？　明日まで待てないの？」

「だめだめ。今晩は運がいいんだから」

「いったいどんな風に？」家の中にはいりながら、薄暗《うすぐら》い廊下《ろうか》の明かりの下に見えたのは、ボーディの体の横に変な角度でぶらさがっている右腕《みぎうで》だった。

「わたしの腕《うで》がこわれたの！」

10

どれほど緊急《きんきゅう》を要するけがであったとしても、ER（救急救命室）では、いつだってたっぷり待たされるものだ。でも、おかげでボーディからいろいろと説明を受ける時間ができた。ボーディのこわれた腕《うで》の説明もふくめて。

わたしたちは待合室の片すみにある、だれもすわっていないプラスチックの椅子《いす》を見つけた。ほかの列には酔《よ》っ払《ぱら》いたちがベッド代わりに寝《ね》ていたから、空席が見つかっただけラッキーだった。ボーディは椅子《いす》にすわると、右腕《みぎうで》をももの上に乗せて、左手でスマホをいじりはじめた。

「ラ・フォルナリーナのことは、どこまで知ってんの？」

わたしはサムソナイトをどさりと床《ゆか》に置いた。「ちょっと待って。その腕《うで》、どうなってるの？」

「いいからすわって。腕《うで》ならだいじょうぶ。で、ラ・フォルナリーナのこと、どこまで知ってる？」

「ボーディはどうなの？」

「今日の夕ご飯のあと、『ラファエロ』と『いろいろなタイプの絵画の保護技術』でググってみたんだ。だれかが赤外線やらなんやらで、ヒントを見つけてないかと思って。でね、この記事を見つけた」ボーディはスマホをスワイプすると、片手を勢いよく突《つ》きだして画面を見せた。

「いい、これをよく見て。この絵は知ってる？」わたしの目の前に、お茶をぶちまけたばかりのあのトップレスの絵があった。

「もちろん。ラファエロの有名なラ・フォルナリーナの肖像画《しょうぞうが》だよ」

「正解。それでね、この絵は二、三年前に修復されてて、そのとき、なんでだか知らないけど、X線写真も撮《と》ったんだって」

「たぶん、元々《もともと》の下絵がないか調べたんだろうな。それか、変更《へんこう》が加えられてないかを見たんだと思う。画家は途中《とちゅう》で変更《へんこう》することがあるってジャックがいってた。X線写真なら、その元々《もともと》の意図がわかるから」

「じゃあ、その元々《もともと》の意図をじっくり見てみて。X線写真を撮《と》って、これが見つかった」ボーディは絵をズームアップして、わたしに見せた。

マルゲリータ・ルーティの薬指だ。ひざの上にそっと置かれた左手の薬指に指輪の輪郭《りんかく》が見える。

「四角い真っ赤なルビーの指輪だよ。ラファエロの弟子《でし》に塗《ぬ》りつぶされたらしい」ボーディはもう一度記事にもどった。「ジュリオ・ロマーノっていう弟子《でし》が、ラファエロが死んだあと、この絵を売ってる」

わたしはパチパチとまばたきした。「結婚《けっこん》指輪をつける指だよね」

「その通り！」ボーディは椅子《いす》の上で飛びはねた。

「だけど、ふたりは結婚《けっこん》してないよ。ラファエロはだれか別の人と婚約《こんやく》して……」

「……七年もずるずるひきのばしてたの、覚えてない？」ボーディはその記事だけじゃなく、なにもかも読んだみたいだ。「その理由が、これでわかるよね？」

「ラファエロはラ・フォルナリーナとの結婚《けっこん》を隠《かく》さなきゃいけなかった。なぜなら……」

「ちがうよ」ボーディがイライラしたように息巻く。「ちゃんと集中して。ラファエロは指輪を描《か》いてるんだよ。はっきりとね。指輪を塗《ぬ》りつぶしたのは、ラファエロの弟子《でし》で、ラファエロが死んだあとだった。この絵を売る直前にね」

「なぜなら……」

「なぜなら、死んだばかりの美術界のスーパースターの絵を売ろうっていうのに、その絵がパン屋の娘《むすめ》と結婚《けっこん》していたことを示すものだったら、いったいどうなると思う？」

ルビーの指輪の発見と、ボーディがラファエロの専門家に変身したことと、どちらによりおどろかされたのか、自分でもよくわからない。もしかしたら、ボーディがこんなにもすばらしい発見をしたことに、いらだっているのかもしれない。

「それで、わたしをベッドからひっぱりだして……」

「セオはベッドにはいなかった」

「いくところだったの」わたしは口をとがらせた。「わたしをベッドからひきずりだして」そこで声を落とす。「スーツケースを持ってこさせて、真夜中に、こんなに気味の悪い待合室にすわらせてる。それは、その記事を見せるためだったの？」

「ちがうよ、バカだな」ボーディは自分の腕《うで》を指さす。「ほかに、わたしたちの絵のX線写真を撮《と》る方法がある？　X線写真とレントゲン写真はおなじものだよ」


救急救命室の夜間担当医は、ボーディの腕《うで》のけがを疑った。それに、少なくとも、両親があらわれて、大金がかかる診察《しんさつ》にゴーサインをだすまで待ちたいといった。けれども、ボーディが大粒《おおつぶ》の涙《なみだ》を二粒《つぶ》こぼして「これ以上、あの人たちに傷つけられたくないの」とささやくと、主任のお医者が決断を下して、ボーディをレントゲン室に送った。わたしも付《つ》き添《そ》いとしていっしょに。ほかのスタッフは大あわてでＤＶに対応しようとソーシャル・ワーカーを探しにいった。

わたしも認めないわけにいかない。ボーディにはまちがいなくある種の才能がある。好きなときにいつでも肩《かた》の関節をはずせるという才能以外にも。

「それで、このあとはどうする？」わたしは車椅子《くるまいす》に乗ってレントゲン室に運ばれるボーディにささやきかけた。

「ちょっとだまってて。こんなにうまくいくとは思ってなかったんだ」ボーディは食いしばった歯のあいだからいった。

「なに、それ？」

わたしは汗《あせ》ばんだ手でスーツケースを持ちかえて、またもや、かんかんに腹を立てていた。犯罪の共犯者を持つっていうのはすてきなことだ。ただし、犯罪歴に医療《いりょう》保険詐欺《さぎ》を加えられないのであれば。

けれども、レントゲン室にはいるときには、ボーディはリラックスしていて、笑顔《えがお》まで浮《う》かべているのに気づいた。わたしはボーディの視線を追って、レントゲン技師の操作台の上に置いてあるニューヨーク・ポスト紙を見た。開いてあるのはゴシップページだ。ボーディはあわれな宿無し子の顔にもどって、車椅子《くるまいす》をおしてきた宿直の職員の方を見た。

「わたしこわいわ。ソーシャル・ワーカーはまだこないの？」ボーディがすばやくまばたきすると、新鮮《しんせん》な涙《なみだ》があふれだして、頬《ほほ》を伝った。

「さあ、調べてみようね、お嬢《じょう》ちゃん。このラリーがついてるからだいじょうぶだよ」

職員がでていって、ドアがしまったとたん、ボーディは車椅子《くるまいす》からとびおり、エイッというかけ声とともに肩《かた》の関節を元にもどした。レントゲン技師のラリーはひどくおどろいている。

「ねえ、ラリー、取り引きしない？　わたしの腕《うで》はだいじょうぶ。レントゲンを撮《と》ってほしいのは別のものなんだ」

日の光の差さない部屋で長い時間すごしすぎたせいで青白いラリーは、口に持っていきかけていたドーナツを空中で止めた。ボーディがわたしの足を蹴《け》って、スーツケースをあけるようにとうながす。

「撮《と》ってほしいのは絵なんだけど、すばやくやってもらえれば、迷惑《めいわく》はかからないから。くっきりと映った写真が一枚だけあればいいんだ」

わたしが絵をだすと、ボーディは壁《かべ》に立てかけるように指示する。

「さあ、はじめよう。さっきの宿直さんがすぐにもどってくるよ」

いつもなら人体のどこかがあるはずの場所に絵があるのを見ているうちに、ようやくラリーの中のレントゲン技師が目覚めたようだ。

「おいおい、いったいどうなってんだ?」ラリーはドーナツを下に置くと電話に手を伸《の》ばした。「チェン先生に電話する」

ボーディは絵からはなれて、技師のブースめがけて一気に部屋を横切った。「ちょっと待って。ジェーク・フォードを知ってる? 俳優の」

ラリーが関心を示した。「ああ、もちろんだよ。それがどうした?」

「じゃあ、ジェシカ・ブレークは?」

ラリーの眠《ねむ》たげな目に、ちらっと興奮の光がきらめいた。「ジェシカ・ブレークだって? もちろんだよ!」

「サイン、ほしくない?」ボーディがトートバッグに手をつっこんでなにかを探している。そんなバッグを持っているなんて、そのときまで気づかなかった。ボーディはピカピカ光るサイン入りのブロマイド写真をひっぱりだすと、ボタンやつまみがたくさんついたコンソールデスクの上でぶらぶらゆらした。それから、さっと遠ざける。「それとも、もっと価値のあるものの方がいい？」

レントゲン技師はブロマイドを見つめたままだ。「たとえば、どんな？」

ボーディは写真を裏返すと、デスクの上にあったボールペンをつかんだ。

「これはポスト紙のゴシップページ担当記者の電話番号」ボールペンのキャップを口にくわえたままモゴモゴとそういって、写真の裏にすらすらと数字を書いた。「このあと電話してみて。朝十時すぎじゃないとでないから。それで、ジェシカ・ブレークはこの住所にいるって教えてあげて」さらになにかを書く。「明日のいまごろはね。うそじゃないから。きっと担当記者はこの情報に、すごく感謝すると思うよ。ものすごくね」

ラリーがゆっくりうなずく。「わかったよ、うん、わかった。それはたしかに、やってみる価値はありそうだな」ラリーの汗《あせ》ばんだ手がブロマイドの方に伸《の》びてくる。けれど、ボーディはまたデスクからさっと遠ざける。

「写真が先だよ」

さいわい、わたしはこれまで、レントゲン写真を撮《と》られるような目にあったことはなかった。でも、なにか大きな機械を使って、一時間ほどたったところで医者がフィルムを電灯の前にかざして見る、といったようなイメージを持っていた。

けれども、レントゲンもまた、ボーディのスマホとおなじような進化を遂《と》げているようだ。コンピューター化されていて、モニター上でズームしたり、デジタル処理で画像を強調したりできるらしい。ありがたいことに、ラリーは、ドーナツを置くのとおなじくらい手際《てぎわ》のいい優秀《ゆうしゅう》な技師だった。ラリーはラ・フォルナリーナの結婚《けっこん》指輪があるべき指にズームアップして、コントラストやカラー・スペクトラム、そのほかたくさんのわたしにはさっぱりわからない機能を調整して五百年隠《かく》されていたものを見えるようにした。

パソコンのモニター上に、黒っぽいグレーの薬指に白でさっとスケッチされた指輪が映しだされた。四角いカットの石がついた指輪だ。

「あった、あった！」ボーディが左手一本でわたしに抱《だ》きつき、ピョンピョン飛びはねはじめた。「やっぱりだよ！　これは本物のラファエロだよ。いったとおりでしょ！」

「そんなこと、いったっけ？」

「うるさいな。これはラファエロなんだよ。わかった？　セオは大金持ちなんだよ」

ラリーが顔を上げた。「大金持ち？」

わたしもボーディといっしょに飛びはねた。「やったね！」

「このファイル、どうする？」ラリーはモニター上で画像をあちこちにドラッグしている。

「CDに焼いて。それにフィルムにも」ボーディがふりむいてわたしを見た。「ジェンマめ、このレントゲン写真を食らえってんだ。そうでしょ？」

「ねえ、ボーディ。さっきの職員さんはいつもどってくるかわからないよ。片づけたほうがいいって」わたしは絵を取りに動いた。でも、ボーディがわたしを止める。

「ちょっと、待って。ねえ、ラリー、もう一枚だけ、絵の全体を撮《と》って」そういってわたしを見る。「もしかしたら、下の層に、元々《もともと》の意図がもっと隠《かく》されてるかもしれないでしょ」

ラリーは、ちょこちょこっと操作するだけで、たちまちキャンバスの全体像をモニターに映しだした。

複雑な色彩《しきさい》の絵をグレーのトーンだけのスケッチ画として見るのは、なんだかとても不思議な感じがする。

でも、それ以上に不思議だったのは、聖母子の背後に幽霊《ゆうれい》のようにぼんやりと人物の姿が浮《う》かび上がったことだった。

わたしたちが病院をはなれたころになって、街はようやく命を吹《ふ》き返しはじめた。サムソナイトの中には、わたしたちの絵とレントゲン写真のフィルムが隠《かく》されていて、ボーディのおしりのポケットにはＣＤがある。

わたしたちはダイナーの窓際《まどぎわ》の席にすべりこんだ。

「朝ごはんはわたしにおごらせてよ」ボーディはそういった。「卵？」

わたしは首を横にふった。「パンケーキで。腕《うで》の調子はどう？」

「だいじょうぶ」ボーディは右肩《みぎかた》をさすった。「はずすときと、元にもどすときには痛むけど、それだけの価値はあったでしょ」

わたしたちはレントゲン写真をテーブルの上にだした。お代わり自由のコーヒーをこぼさないように十分気をつけている。

「これって、人だよね？」ボーディがあくびしながらいう。

わたしは、もっとよく見えるように、フィルムを窓にあてた。「男の人だね。この人も塗《ぬ》りつぶされたんだ。たぶん、指輪とおなじときに」

「なんだか、不自然」

わたしはちょっとだけ考えた。「そうでもないんだよ。ラファエロは聖家族の絵を何枚か描《か》いてる。聖家族っていうのは、もちろん、マリアとヨセフ、それにイエスのことだけど。もしかしたら、ラ・フォルナリーナの指輪を塗《ぬ》りつぶした弟子《でし》のロマーノが、マリアとイエスだけの絵の方が価値がでるって考えたのかもしれない」

わたしは、またもやあのたよりになる作品集をひっぱりだして、聖家族の絵がまとめて掲載《けいさい》されている、本の後ろの方を開いた。

「ほら、見て。これはよくある構成なんだ。マリアはイエスといっしょにすわっていて、ヨセフはふたりの後ろに立ってる。ふたりを見守るようにね。わたしたちの絵の消された人物もそうだけど。ヨセフはふつう、こんな棒を持ってる。杖《つえ》だったり、大きな木の枝だったりもするけど」

ボーディはレントゲン写真をさっと取り上げた。「この写真じゃ、くわしいところまではよくわからないけど、棒なんか持ってないのはまちがいないよ」

わたしは写真を取り返してよく見た。たしかにその通りだ。聖母子の後ろに立っている男の人は、なんにも持ってない。片手をマリアの肩《かた》に乗せ、もう片方の手は、イエスにむかって伸《の》ばしている。

「もうひとつ、変なところがあるんだ」わたしは思い切っていった。「この人、あごひげがない」

「なにいってんの?」ボーディは男の人の輪郭《りんかく》を軽くたたく。「ひげならここにあるじゃない」

たしかにそうだ。男の人には口ひげと、きれいに刈《か》りこんだあごひげがある。肩《かた》までのばした真ん中分けの巻き髪《まがみ》とおなじ黒っぽいひげだ。

「でもね、形がちがうんだ。ヨセフは長くて灰色のひげを生やして、頭は禿《は》げてなきゃだめなの。図像学的にいうとね」

「なによ、それ？」

「バカね、セシリー牧師の話、きいてなかったの？」こんな風に気軽に悪口をいう感じに、ちょっとぞくぞくしていた。「図像学っていうのは、たとえば、聖人や人物は、その人であることを示すような物を持ってるっていったようなこと。洗礼者ヨハネはいつだって動物の毛皮を身にまとってる。荒野《こうや》をさまよってるから。聖ペテロならカギ。天国のカギを託《たく》された人だから。それに、処女マリアはいつだって青い服を着てる。青の絵の具はいちばん高価なものだったから。宝石を砕《くだ》いて作った絵の具を使ったんだ」

ボーディはコーヒーをひと口すすった。

「ふーん。でも、わたしたちのマリアは青い服を着てないよ。グレーと白じゃない」

その通りだ。白い袖《そで》のついた、くすんだグレーの服だ。

「それにもうひとつ」ボーディはもう一度作品集をのぞきこんでいった。「この本の男の人たち、みんなおなじ服を着てる。トーガだっけ？」

「そう、トーガ。古代ギリシャにあこがれたルネッサンス期のこだわりだね。それに……」

ボーディはもう一度、レントゲン写真と、その後ろのガラス窓をたたいた。「だから、ここにはトーガはないって。トーガなし。長いあごひげなし。棒もなし」

聖母子の後ろに立つ幽霊《ゆうれい》には、どこか見覚えがあるような気がする。大きな真ん丸い目で、絵を見ている人をまっすぐに射すくめるようなその姿。マリアの肩《かた》にかけた手のようす。髪型《かみがた》や刈《か》りこんだひげ。それに……。

「うわっ、そんな！」

わたしは写真を下に置くと、とりつかれたように作品集のページをめくり、ふたりの人物の絵のページで手を止めた。

「この絵のタイトルは？」ボーディがたずねる。

「この絵は、『友人のいる自画像』って呼ばれてる」わたしはボーディにむけて本をさしだした。

「後ろに立ってる男の人を見て」

「自画像？」ボーディの目が大きく見開かれる。「この人……」

「そう」わたしはうなずいた。「ラファエロ本人。そして」わたしはもう一度レントゲン写真を取り上げた。「この絵の人物も」

11

これは聖母子像なんかじゃない。聖家族でもない。これは家族の肖像画《しょうぞうが》なんだ。ラファエロ・サンツィオ家の肖像画《しょうぞうが》だ。秘密の妻と、眠《ねむ》っている自分の息子《むすこ》との。ラファエロに家族がいたことを示す、たったひとつの証拠《しょうこ》となる絵なんだ。

とつぜん、すべてがつながった。

この女の人と赤ちゃんが、どうしてこんなに人間ぽくって、複雑な表情をしていて、ちっとも神さまらしくないのか。髪《かみ》に真珠《しんじゅ》（マルガリータ）の飾《かざ》りを差したこの人が、どうして処女マリアではなく、マルゲリータ・ルーティといえるのか。

それに、この人が胸に手をそえている理由も。今回ばかりは母さんが正しかった。ラファエロは三枚の絵を通して、彼女《かのじょ》がただの愛人ではなく、自分の子どもを産んだ母親であることも伝えようとしていたんだ。

それでも、わたしにはまだよくわからないことがある。あんなにセクシーでなまめかしいラ・フォルナリーナが、どうしてこんなに憂鬱《ゆううつ》そうな姿に変わってしまったんだろう？

そして、さらに大きな疑問にとりつかれてしまった。この赤ちゃんはどうなってしまったんだろう？　ヴァザーリはラファエロの子どもについてはなにひとつ書いていないし、ラファエロは死の床《とこ》で、「愛人にきちんと生活できるだけのお金を与《あた》えて、自分の家からでていってもらうように」という遺言《ゆいごん》を残したと記している。この作品集によると、マルゲリータ・ルーティはラファエロの死から四か月後に、修道院にはいって尼僧《にそう》になったということだ。ひとりだけで。

それじゃあ、この子は孤児院《こじいん》に送られた？　強い権力を持った枢機卿《すうききょう》の家で、下働きでもするようになった？　それとも、新しい名前といくらかのお金を与《あた》えられて、没落《ぼつらく》した貴族と姿を消した？

ミスター・Kのコーヒーを三杯《ばい》飲んでも、これらの疑問に取り組む元気はでてこなかった。それで、ボーディとは別れて、家に帰ることにした。ニワトリの世話をしなくてはいけないし、庭仕事や母さんのお茶くみもある。ボーディもいったん家に帰った。

玄関《げんかん》のドアをたたく音で目が覚めた。何時なのかはわからないけど、暑くてけだるい午後のことだ。ボーディがまたなにか新発見をしたのかと、わたしはころげるように階段をおりた。ところが、玄関《げんかん》にはマダム・デュモンからの手書きのメモがあるだけだった。「わたくしはあの卵での乱暴なしわざを決して忘れません。それはともかく、わたくしは法的措置《そち》をとるために弁護士と……」

それとは別に、郵便受けには厚手の封筒《ふうとう》が差しこまれていた。

発送元は「米軍人事記録センター」だ。

わたしは玄関《げんかん》ホールで封筒《ふうとう》を破りあけて、書類の束をひっぱりだした。表紙にはわたしが請《せい》求《きゅう》した「ジャック・ソーントン・テンペニー五世一等兵」の記録であることが記されている。

何ページかには「機密文書」というスタンプと、年月日のはいった「機密解除」のスタンプがおされている。何行かの文章やいくつかの単語はマーカーで黒く塗《ぬ》りつぶされているけれど、ほとんどはつぎのような数字や記号のようなものの羅列《られつ》だ。

Hq.1704th SU,Ft.Hamilton Ny From 21 SEP 1943 to 30 NOV 1943

Assd 69ID 423IR CQM 1 DEC 1943

632 135,CTST,Httsburg Miss.From 2 DEC 1943 to 11 JUL 1944
Tfr 28ID 321IR BQM 12 JUL 1944
POE Boston Ma,USS Yarmouth From 18 JUL 1944 to 23 JUL 1944
South.Cmmn,Eng,C18 From 23 JUL 1944 to 18 AUG 1944

ラテン語の解読には失敗した。もう一度、翻訳者《ほんやくしゃ》に頼《たよ》ることにしよう。


「やったぜ、ベイビー！」

エディーは椅子《いす》にすわったままくるっと一回転してよろこんだ。「きみに刺激《しげき》されて興味を持っちゃったもんだから、軍事記録をいろいろ見るようになったんだけどね、きみはすごくラッキーなんだよ。知ってた？　一九七三年に文書館が火事になって、政府が保管してた第二次世界大戦中のファイルのほとんどが燃えてしまったんだ。てっきり、きみのおじいさんの記録も燃えちゃったと思ってたよ」エディーはわたしの手から書類を奪《うば》い取って、頭の上に掲《かか》げた。「だけど、あった。残ってたんだー！」入館者の何人かが、迷惑《めいわく》そうにエディーを見た。

「失礼しました、みなさん。大感激したもんで」

パラパラと書類をめくっていたエディーの手が、あるところで止まった。

「よしよし、ここに名前と階級、認識《にんしき》番号があるぞ。ほら、ここを見て。わかっていた通り、おじいさんは真珠湾攻撃《しんじゅわんこうげき》のすぐあとに入隊してる。ニューヨークの第六十九歩兵師団に所属して、ミシシッピで訓練を……」

「ミシシッピ？」マンハッタン島をでることさえいやがっていたジャックが、北部と南部を分けるメイソン-ディクソン線を越《こ》えて南部の州まで旅しているところを想像してみた。

「そう。ハティスバーグってところだ。それから、第二十八歩兵師団に転属。まずは船でイングランドに渡《わた》って、一九四四年の八月には、ヨーロッパ作戦戦域までたどり着いてる。どうやら、Dデイに送りだされた兵士の補充兵《ほじゅうへい》だったみたいだね。フランス北部までいってる。ってことは、ワオ！　パリ解放を見たってことだ。そのあとはベルギーにむかってる。そして、ここを見ると、なんと、捕虜《ほりょ》になってる！」

「捕虜《ほりょ》？　いったいどこの？」

「どこのだって？　ドイツ軍だよ！　見て、ほら、おじいさんはスタラーグIX-Bに送られてる」

「それ、どこ？」

「うんとね、スタラーグっていうのは収容所とか刑務所《けいむしょ》っていう意味なんだけど、この場合は、

POW収容所ってことだろうな」さっぱりわからないというわたしの表情に気づいたエディーがつけ加えた。「POWっていうのは戦争中の捕虜《ほりょ》ってことだけどね」

POW？　前にもきいたことがあるような気がする。でも、思い出せない。それに、正直いって、思い出したいのかどうか、よくわからない。

「この『機密』のところにはなにが書いてあるの？」

エディーはその紙をもう一度じっくりながめた。「うーん、一九四五年の一月から三月までが機密扱《あつか》いだね」エディーは顔を上げた。「わからないな。情報が機密扱《あつか》いにされる理由はいろいろあるからね。もしかしたら、秘密の任務についていたのかもしれないし……」

「スパイとか？」

「かもね。運悪く、たまたま秘密の任務につかされたのかもしれないし。どこにいってたにしろ、一九四五年の四月にはフランスの陸軍病院に姿をあらわしてる。どんなけがをしてたのかは書かれてないけど、数週間後には退院して、民政部に配属されてる。『記念建造物《モニュメンツ》・美術品《ファイン・アーツ》・公文書《アーカイブズ》』部隊だって？　おいおい、ちょっと待てよ。これは……」エディーはパソコンにそのことばを打ちこんだ。「まさか、そんな！」

「なんなの、それ？」

「きみのおじいさんは、ただの兵士じゃなかったんだ。モニュメンツ・メンのひとりだったんだ！」

「なに、それ？」

「そこでちょっと待ってて。モニュメンツ・メンっていうのは、とんでもないイケてる連中なんだ。歴史的ヒーローってやつだな」エディーはわたしを近くのテーブルのそばにすわらせると、十分後に歴史書コーナーから本を山のように抱《かか》えてもどってきた。

エディーはその中から一冊選んで、真ん中あたりにあった白黒写真がたくさん載《の》ったコート紙のページを開いた。

「この連中がモニュメンツ・メンさ。芸術家やキュレーター、建築家や学者たちで、ふつうの軍人もいる。彼《かれ》らは、戦争の混乱の中で、ヨーロッパの偉大《いだい》な美術品を助けだす仕事をしてたのさ」

写真には、どこにでもいるような年配の兵士たちが写っている。ただし、掲《かか》げているのは銃《じゅう》ではなく、世界的に有名な美術品だ。たくさんの彫刻《ちょうこく》の横でポーズをとっている写真、爆撃《ばくげき》で破壊《はかい》された教会の前に立っている写真、連合国軍最高司令官のアイゼンハワーと何百枚もの絵画を検分している写真もある。

「この連中は歩兵師団のすぐ後ろで最前線に立っていた。ヨーロッパ中の街の、いちばん重要な記念建造物《モニュメンツ》がある場所を記した地図を作成していたんだよ。美術館や教会、宮殿《きゅうでん》やなんかが、まちがって爆撃《ばくげき》されないようにね。そして、ナチスから領土を奪還《だっかん》したら、すぐさまモニュメンツ・メンたちがでかけていって、危険にさらされた美術品を守ったんだ。建造物なら構造的に安全かを調べて、それ以上のダメージを受けないように保護したり、美術品なら略奪《りゃくだつ》から守ったりっていう具合にね」

「略奪《りゃくだつ》って、だれが盗《ぬす》むの？　街の人たち？　それとも……」わたしはそこで息をのんだ。「アメリカ兵？」

「どっちもだと思うよ。だけど、ナチスほどのひどい略奪《りゃくだつ》はない。ヒトラーだのゲーリングだのドイツの上層部のたくさんの連中は、とりつかれたように、手にはいる美術品をかたっぱしから略奪《りゃくだつ》したのさ。美術館や金持ちからはもちろん、ふつうの家からもね。中でも、収容所送りしたユダヤ人からは特に」

学校でも第二次世界大戦のことは少し習った。真珠湾《しんじゅわん》や連合軍がフランスのノルマンディーに上陸したDデイ、強制収容所のことも。そんな戦争のさなかに芸術品がどうなっていたかなんて、考えたこともなかった。でも、エディーがわたしの前に開いて見せた本から、その運命が見えてくる。粉々《こなごな》に砕《くだ》け散ったステンドグラス。爆撃《ばくげき》で破壊《はかい》された歴史的建造物。銃口《じゅうこう》をむけられて家から立ち退《の》かされている人たちの横で、丁寧《ていねい》に梱包《こんぽう》されて運びだされる絵画。

「そして、戦争が終わると、盗《ぬす》まれた美術品をどうするかはモニュメンツ・メンの肩《かた》にかかったんだ。まずはミュンヘンに本部を設置して、数年かけてすべての目録を作って、できる限り元の持ち主に返す作業に取りかかった」エディーはヘビのタトゥーのある指で、ジャックの記録をなぞった。「この記録だと、きみのおじいさんは、上官から名誉《めいよ》除隊を許される一九四七年まで働いてたことになってるね」

わたしはあらためて本に載《の》っている写真を見た。ミケランジェロの絵の後ろに立ってるのがジャックっていうことはないだろうか？　粉々《こなごな》になった教会を修復しようとしているこの人は？　もしかしたら、そうなのかもしれないけれど、おなじ軍服を着て、帽子《ぼうし》を深くかぶっている兵隊たちは、だれもかれもおなじに見える。

「信じられないな」わたしはつぶやいた。「ぜんぜんきいたことなかった」

「それは残念だね。もしかして、おなじ部隊にいた人を探しだせるかもしれないよ。情報は全部そろってるんだし、年寄りにだってインターネットをやる人はいるからね。だよね、スタンリー？」エディーはそういって、近くのパソコンの端末《たんまつ》におおいかぶさるように見いっている相当のお年寄りにむかってガッツポーズをしてみせた。

「うん、そうだね。いいアイディアだと思う。わたし、もっとくわしく知りたい」わたしはそこで咳払《せきばら》いをした。「おじいちゃんが当時なにをしてたのか」

「ほら、ここにスタートにはもってこいの人がいるよ」エディーはファイルをわたしに返していった。「司令官たちの名前が載《の》ってる。きみのおじいさんを除隊させたのはこの人だね。名前は……」エディーは書類をのぞきこんだ。「ライドン・ランドルフ」

12

七歳《さい》か八歳《さい》だった夏のある日、わたしは美術館の中をぶらついて、ジャックの仕事が終わるのを待っていた。いっしょに歩いて家に帰る途中《とちゅう》、アイスクリームを買ってもらうつもりだった。チェリー味かチョコレート味かで迷っていると、角を曲がったところで、ライドンとジャックが話しているのを見かけた。話が終わると、ライドンはさっと背筋を伸《の》ばして、ジャックにむかって軍隊風の敬礼をした。ジャックはちょっと困った風だったけれど、ライドンの肩《かた》ごしにわたしを見つけたとたん、顔をくもらせた。ジャックはボスに目をもどし、ほとんどわからないぐらいかすかに首を横にふった。ライドンはわたしの方を見て、すぐに敬礼の手をおろし、立ち去る間際《まぎわ》にわたしの髪《かみ》をくしゃくしゃとなでていった。

そのときには、なにも思わなかった。ジャックはいつだって、ライドンに対してしぶしぶの敬意とあからさまないらだちの入り混じった態度を見せていた。

「あのミケランジェロにだってメディチ家が必要だったんだ」

わたしがメトロポリタン美術館の仕事を辞《や》めたらいいのにというたび、ジャックはため息まじりにそういっていた。ジャックにはわたしたちの生活と画家としての自分の生活を守るために仕事が必要だった。それでも、ジャックとライドンのあいだには、価値観や地位、性格のちがいにもかかわらず、なにか絆《きずな》のようなものを感じた。兄弟のような。

軍隊での絆《きずな》だったんだと、いまならわかる。

できるものなら、時間をさかのぼって、ふたりの奇妙《きみょう》な関係がどんな風にはじまったのか見てみたいものだ。そして、ある意味ライドンのおかげで、わたしにはそれができる。ジャックの分厚い軍事記録の中には、ライドンの現地報告書もふくまれていて、戦争中に、そして、その後の人生に渡《わた》って、なにがふたりをそんなに強く結びつけることになったのかを示す、おどろくような冒険《ぼうけん》のようすが書かれていた。

公式にタイプされたそれらの報告書でライドンが書いているように、ライドンとジャックは、連合軍の進軍のすぐあとを追うように、フランスからドイツを通ってオーストリアにはいっている。屋根のないジープに乗って、大歓迎《だいかんげい》のフランスを抜《ぬ》け、爆撃《ばくげき》を受けて疲《つか》れ果てたドイツの村々《むらむら》を通り、死ぬまで抗戦《こうせん》しようとする兵士がうようよいないことを願いながら森へとはいっていく。幸い、出会ったドイツ兵の大半は、大喜びで銃《じゅう》を手放して、かわりにあたたかい食べ物をもらった。

ふたりが乗った小さなジープは、戦争の暴力とはほとんど縁《えん》のなかったオーストリア・アルプスをかけ登った。ただ、まるっきり縁《えん》がなかったわけでもない。平和な山岳《さんがく》地帯の村の陰《かげ》には、ナチスの略奪品《りゃくだつひん》の隠《かく》し場所があった。ヨーロッパ中から略奪《りゃくだつ》しながら、ナチスはよりすぐりの美術品を山の奥《おく》へ奥《おく》へと退避《たいひ》させた。これらの山々《やまやま》には岩塩坑《がんえんこう》があって、村人たちの生活を何世紀にもわたって支えていた。岩塩坑《がんえんこう》は温度、光、湿度《しつど》を一定に保つには最適な場所で、大切なものを保管するにはもってこい、という側面もあった。地底何マイルという場所にあるので、爆撃《ばくげき》からも守られる。

メルケルスにある岩塩坑《がんえんこう》のひとつで、アメリカの戦闘《せんとう》部隊は第三帝国《ていこく》の金塊《きんかい》の保管所に行き当たった。そこには金の延べ棒の山と、金貨のはいった袋《ふくろ》がずらっと何列もならんでいた。

軍の諜報《ちょうほう》機関は、ヒトラーの個人的な美術コレクションがアルトアウスゼー近くの岩塩坑《がんえんこう》に隠《かく》されているという証拠《しょうこ》をつかんだ。でも、それとおなじく、ヒトラーの『ネロ指令』も明るみにでた。これはヒトラーが直接発した命令で、ドイツ軍が退却《たいきゃく》する際、連合軍が到達《とうたつ》する前に、ありとあらゆる、軍事、交通、通信、工業、食糧《しょくりょう》供給施設《しせつ》、さらに、敵が活用する可能性のあるすべての資源を破壊《はかい》せよというものだ。そのなかには、もちろん略奪《りゃくだつ》した美術品もふくまれる。この指令は退却《たいきゃく》するほとんどのドイツ士官からは無視された。それでも、ヒトラーに忠誠を誓《ちか》った一部の士官は、たとえ、自分の国や国民にどれほどの被害《ひがい》を与《あた》えようとも、この指令に従おうとした。

これは時間との闘《たたか》いだった。ようやくアルトアウスゼーに着いたジャックとライドンは、ただちにこの村の岩塩坑《がんえんこう》の場所をつきとめ、長くて暗いトンネルにもぐっていった。けれども、結局、もっともおそれていた場面にでくわすことになる。四分の一マイルほど下ると、トンネルは落石の壁《かべ》にふさがれていた。村人たちがダイナマイトで破壊《はかい》したあとだった。

でも、地元の人たちはすぐにその行動の意味を説明した。ナチスに心酔《しんすい》するこの地域の大管区長官は「大理石」というラベルが貼《は》られた箱を八個、岩塩坑《がんえんこう》の中へ運びこむように命令した。中には、連合軍の手に落ちる前に、なにもかもを吹《ふ》き飛ばすための五百キロもの爆弾《ばくだん》がはいっていた。けれども、地元の人たちは政治にも美術品にも関心がなかった。彼《かれ》らにわかっているのは、坑山《こうざん》を破壊《はかい》してしまったら、生活の糧《かて》をなくしてしまうということだけだった。

ある日の真夜中、同情的な衛兵がわざとそっぽをむいているあいだに、坑夫《こうふ》たちは慎重《しんちょう》に爆《ばく》弾《だん》を運びだして、森に隠《かく》してしまった。そして、坑道《こうどう》の入り口をふさいで、だれも中にはいれないようにする目的で、『合意された麻痺《まひ》』つまり、調整された小規模の爆発《ばくはつ》を起こした。

連合軍が岩塩坑《がんえんこう》と中に収められたものを守ってくれると確信すると、村人たちは喜んで瓦礫《がれき》を片づけて、坑道《こうどう》を再開する手伝いをした。中にはいったジャックとライドンは、ちらつくランタンの光の下で、ルーブル美術館やメトロポリタン美術館、ロンドンのナショナル・ギャラリーにも負けないほどの美術品を目《ま》の当たりにした。そこには、ヤン・ヴァン・エイクの『ゲントの祭壇画《さいだんが》』もあった。ミケランジェロの彫刻《ちょうこく》『ブリュージュの聖母子像』は、古いマットレスの上に横たわっていた。フェルメールの絵はなんと二枚もあった。そして、洞窟《どうくつ》内の部屋から部屋へと調べていくと、どこもかしこも棚《たな》でいっぱいで、そこには何千という油彩画《ゆさいが》や彫《ちょう》刻《こく》、素描《そびょう》、タペストリーなどがおさまっていた。

ふたりは増援部隊《ぞうえんぶたい》を呼んで、二週間かけてすべての美術品の目録作りを進めた。そして、それらの美術品を適正に保護し、梱包《こんぽう》し、新しくミュンヘンにできた美術品集積センターに送りこむには一年はかかるだろうと見積もった。ところが、一年もの猶予《ゆうよ》はなかった。与《あた》えられたのは四日だけだ。その地域がソ連の占領《せんりょう》地区になって、四日後には欲深いスターリンの手に落ちる。

チームは一日十六時間働いた。外は絶え間なく雨が降り、霧《きり》にも悩《なや》まされた。おまけに坑内《こうない》は停電で、中をめぐっているトロッコは旧式だ。ただ、国際的な政治のかけひきが長引くという幸運もあった。結局、一か月後、八十台のトラックで坑内《こうない》の美術品を引き上がることができた。ジャックとライドンは最後のトラックに乗ってミュンヘンにむかった。ふたりはミュンヘンで、すべての美術品が元の持ち主に返るのを見届けることになる。

ふたりがミュンヘンに別れを告げたのは二年後のことだった。ともにマンハッタンに帰るとはいえ、ふたりいっしょの旅はそれで終わることになると思っていたはずだ。ライドンはメトロポリタン美術館で新しい職に就《つ》き、ジャックはスピニー通りのアトリエにもどるのだから。でも、その数年後、ジャックは美術館の警備の仕事を引き受ける。ふたりの運命の糸はまたもやからみあった。そしていま、わたしも、そのもつれた糸にからめとられてしまった。

家に帰ると、玄関《げんかん》のホールはこれまで感じたことがないほど、じめじめしていてどんよりしているような気がした。それでも、ドアをしめると上の階から床《ゆか》がきしむ音と、その音にかぶさるような声がきこえてきて、おどろいてしまった。ひとつは甲高《かんだか》い震《ふる》えるような声で、もうひとつは、軽《かろ》やかでなだめるような男の人の声だ。客間にミセス・テンペニー三世の紅茶セットがふたり分置きっぱなしになっていて、カップになみなみとつがれたアールグレーから、柑橘系《かんきつけい》の香《かお》りが立ちのぼっている。

ジャックのファイルのはいった封筒《ふうとう》を抱《かか》え、パニックになりながら階段を一段とばしでかけのぼり、声がきこえてくるジャックのアトリエに飛びこんだ。すると、そこにはバスローブ姿で汗《あせ》だくになりながら会話をしようとがんばっている母さんと、杖《つえ》でジャックのキャンバスを突《つ》つきまわしているライドンがいた。

ここのところ、サムソナイトを部屋のすみにある防水シートの山の後ろに隠《かく》しておいたことを、これほどありがたいと思ったことはなかった。

わたしに気づいた母さんは、すごくうれしそうな顔をして、目に涙《なみだ》まで浮《う》かべた。

「セオドラ！　こちらのランドルフさんはジャックのお友だちだっておっしゃるんだけど。美術館での。それで、この方はなにかをお探しで……」

「おふたりがどうされてるかと思ってお訪ねしました。たまたま近所に用があったものですから」

「わたし、ノックをしてるのはあなただと思ったのよ。きっとカギを忘れたんだろうって」母さんがささやく。「あなたにはダージリンが切れてるって伝えたくって」

「だからいったでしょ、もうこれ以上紅茶は……」わたしは声を荒《あら》らげた。

「そんなに紅茶がお好きとは知りませんでしたよ」ライドンが口をはさむ。「もしよろしければ、今度、とてもめずらしいマリアージュ・フレールの紅茶をお届けしましょう。前回パリにいった際に買い求めたものなんですがね。それにしても、セオ、きみのお母さんにはすばらしいもてなしをしていただいたよ。アールグレーをごいっしょした上に、家の中を案内していただいてね」

「ジャックのアトリエを見たいっておっしゃるの。わたしは方程式にかかりっきりだっていったんだけど」母さんはトウモロコシのひげのような自分の髪《かみ》を両手でつかみながらいう。「だけど、きいてくださらないの。まっすぐ、ここまで上がっていらっしゃったのよ」

「あとはまかせて」わたしはそういって母さんの腕《うで》をしっかりつかみ、ドアの方に体をむかせた。「仕事をつづけてて」

「そうなの、わたし、すごく大事な微分《びぶん》方程式にとりかかってる最中だから……」母さんはそうつぶやきながら階段をおりていく。

「わたしの帰りを待ってるべきだった」わたしはライドンに体をむけた。胸には封筒《ふうとう》をしっかり抱《かか》えている。

「まあまあ、きみのお母さんはわたしの目的を歓迎《かんげい》してくれて、とても協力的だったものだからね。さっとのぞかせてもらえばそれでよかったんだし」ライドンはそういって、わたしにことわるそぶりも見せずに捜索《そうさく》を再開している。

「ここはわたしの家なのよ。警察を呼んだっていいんだから。これはおしこみ強盗《ごうとう》じゃない」

いや、それはちがう。「不法侵入《しんにゅう》だよ」

ライドンは穏《おだ》やかに微笑《ほほえ》む。「きみが警察に電話なんかするはずがないよ。大事な大事な盗《ぬす》まれたラファエロを押収《おうしゅう》されたいっていうなら別だがね」

「あれは、盗《ぬす》まれたものじゃない」わたしはぴしゃりといった。わたしはそう思ってる、と心の中でつけ加える。

「わかってるよ」ライドンはつぎのキャンバスの列に移りながらいった。「少なくとも、メトロポリタン美術館から盗《ぬす》まれたものじゃないっていうことは知っている。この前、きみたちがやってきて大騒《おおさわ》ぎしたあと、美術館の記録は調べてみたよ。行方《ゆくえ》不明になっているラファエロの絵は、スケッチ一枚ない。その点からいえば、きみのおじいさんは無実だ」

「だったら、ここととメトロポリタン美術館とはなんの関係もないでしょ。いったい、ここでなにをしてるの？」

「わたしが長年ついやした学問の経歴と職歴とで、非公式の市民探偵《たんてい》の立場ぐらいは認めてもらえると思うがね」ライドンは手を止めて、大きな抽象画《ちゅうしょうが》に見入っている。「ジャックの絵がこんなにすばらしいとは、すっかり忘れていたよ。ここには、とてもいい絵が何枚かあるな」

これ以上あちこちつつきまわされないように、ライドンの気をそらすことにした。「ジャックの絵は以前から知ってたの？　戦争の前から」

ライドンは長い時間わたしを見つめた。どこまで、明かそうかと考えているように。

「いいや、ジャックとは戦争中にはじめてあったんだ」ふたたび、絵をつつきはじめる。「おじいさんは、きみには戦争のことは知られたくなかったんだと思ってたんだがね」

「でも、知っちゃったから」わたしは封筒《ふうとう》をライドンにむかって投げた。絵筆がいっぱい差してあったコーヒー缶《かん》が倒《たお》れてしまった。

ライドンは散らかった絵筆の中から封筒《ふうとう》を救いだして、中身をざっと見た。

「ほほう。ここにはすべてが書かれているようだな」ライドンは手を止めて、ふふんと笑う。「わたしが書いた推薦状《すいせんじょう》まであるじゃないか。やつは使わなかったがね」

「すべてじゃない。そこには、ジャックがどこかで機密の任務についていたって書かれてる。それについてはなにか知ってるの？」

ライドンは杖《つえ》に体重をかけて肩《かた》をすくめた。「いいや、ジャックにはじめてあったのは、フランスの病院でだったからな。どこかの捕虜《ほりょ》収容所から脱走《だっそう》したときのけがを治してるところだった」

「脱走《だっそう》？」

「ああ、そうきいてる。どうやったのかは知らんが、なんとか脱《ぬ》けだして連合国側まで歩いてもどってきたそうだ。わたしはちょうど助手を探してたんだが、近くに美術を学んだ脱走兵《だっそうへい》がいるときいてな。やつは軍事情報部に、退屈《たいくつ》だからなにか任務を与《あた》えてくれと伝えていたそうだ」ライドンはそこでくすっと笑う。「退屈《たいくつ》だと。想像できるかい？」

わたしは、家での週末のジャックのようすを思い出していた。機械のようにとぎれなくつぎつぎと仕事をこなしていた。「うん、想像できるよ」

「とにかく、やつはわたしの眼鏡《めがね》にかなったというわけだ。それに、まちがいなく戦場にもどりたくてうずうずしていたしな。こうして、ジャックはわたしの助手になった。わたしたちふたりで、ヨーロッパ中の芸術品を解放したんだよ」そういって、封筒《ふうとう》をわたしに投げ返した。

「どうやら、きみのおじいさんは、その過程で、特別な一点をひとりで『解放』したようだな」

「なにをいってるのか、わたしにはわからない」

ライドンはわたしをじっと見つめると、杖《つえ》を支えに、絵の具が飛び散ったスツールに腰《こし》かけた。

「ひとつ、お話をしてあげよう」ゆっくりと話しはじめる。「一七九八年のことだ。ポーランドのチャルトリスキという王子がイタリア旅行をして、荷車をローマ時代のアンティークでいっぱいにして帰ってきた。それに加えて、とても貴重な二枚の絵も持ち帰った。一枚はレオナルド・ダ・ヴィンチの『白貂《しろてん》を抱《だ》く貴婦人』だ。きみは見たことがあるかどうか知らないが、このうえのない高貴な作品だ。そして、もう一点はラファエロだ。自画像だと伝えられている」

わたしは思わず身をすくませた。

「その二枚の絵は」ライドンはつづける。「チャルトリスキ美術館に飾《かざ》られ、光を放っていた。ところが、一九三九年、ドイツがポーランドに侵攻《しんこう》する。チャルトリスキ家はもっとも価値のある絵を、家族の別荘《べっそう》にあった地下収蔵庫にレンガを積んで封印《ふういん》した。だが、だれかがゲシュタポに密告したんだろうな。絵はすぐに見つかり、たちまち奪《うば》われてしまった。ダ・ヴィンチの絵とラファエロの絵は、侵攻《しんこう》したポーランドを監督《かんとく》するために送りこまれたドイツ人の手に落ちた。その男は、それらを自宅に飾《かざ》っていたんだが、のちにドイツに送られてヒトラーの個人コレクションの一部になった」

ヒトラーのコレクション？　岩塩坑《がんえんこう》の？

「しばらくの時間をおいてそれらの絵をポーランドに取りもどしたのは、ポーランド総督《そうとく》をしていたドイツ人のハンス・フランクだったようだ。それから、戦後になって、ダ・ヴィンチの絵や、そのほかの絵は表舞台《おもてぶたい》に帰ってきた。ところが、今日にいたっても、チャルトリスキ家の美術品のうち、八百四十四点は見つかっていない。その中にはラファエロの絵もふくまれているんだよ。現在の市場価格なら一億ドルはくだらないだろうといわれている絵がな」

アトリエの暑さと古い絵の具のにおい、それに桁外《けたはず》れの数字のせいで、わたしはめまいを起こした。

「その絵が自画像かそうでないのかの議論はともかく」ライドンはそういうと、パリッとアイロンのかかったブレザーの内ポケットから四角く折りたたまれた紙を取りだした。「さて、われわれの在宅勤務のラファエロ専門家、ミス・セオドラ。これを見てもらおう。見覚えはないかな?」

わたしは震《ふる》える手でその紙を開いた。

ルネッサンス時代の優雅《ゆうが》な若者がわたしを見つめている。腕《うで》にはりっぱな毛皮をさりげなくかけている。

たったひとりで。母親も赤《あか》ん坊《ぼう》もいない。

わたしの絵じゃなかった。

わたしは大きく息をつくと、その紙をライドンに返した。「残念ながら、見たことないな」

「見たことないだと？」ライドンは穏《おだ》やかにいうと、その紙をポケットにもどした。「まあいいだろう。そういうと思ったよ。おそらく、わたしには正直にいってくれてるんだろう。いずれにせよ、おたがいにわかっていることはある」そういうと、炉棚《ろだな》の上の、長い時間絵がかけられていたせいで明らかに色のちがう壁《かべ》のあとを目を細めて見つめている。「きみが、なにかを隠《かく》しているということだ。きみがラファエロだと思っているなにかをね。これはほめことばと受け取ってもらっていいんだが、きみはたったの十歳《さい》で……」

「十三歳《さい》」わたしはまたしても訂正《ていせい》した。

「そうだったな、十三歳《さい》だ。わたしの知る限り、ラファエロの絵を特定できる十三歳《さい》の女の子など、きみ以外にはいないだろう。ジャックには常々《つねづね》話していたんだ。セオドラは最高のキュレーター訓練生だってね」

はいはい、それはどうも。

「そして、もしわたしが考えている通りなら、その絵は途方《とほう》もない価値を持っている。きみが危険にさらしている絵はね。おそらくこわれやすい状態だろうし、すでにダメージを受けているかもしれない。おお、神よ。ここの温度だけ見ても、根本的な被害《ひがい》を与《あた》えかねないよ」そういって、ほとんど禿《は》げ上がった頭をハンカチでぬぐった。「さらに、盗難《とうなん》のおそれだって……」

わたしは腕組《うでぐ》みをしてみせた。「わたしが心配してる盗難《とうなん》の相手はひとりだけだよ」

「これは盗難《とうなん》なんかじゃない、救助なんだ」ライドンは剝《は》げ落ちた壁紙《かべがみ》や、つかなくなったまま放ってあるガスランプなどを見回した。「わたしが戦争中に演じたどんな救出劇よりも、リアルで急を要する作戦だ」

これは盗難《とうなん》なんかじゃない、救助なんだ。そのことばが耳の中で響《ひび》いている。そのことばはおじいちゃんがやろうとしていたことそのものだったんだと、わたしにはわかる。でも、疑問は残る。いったい、なにからの救助だったんだろう？

とにかく、ジャックはこのわたしに残したんだ。ライドンではなく。

わたしは大きく見せるように背伸《せの》びをした。

「ここからでていって」わたしは淡々《たんたん》とそういった。「いますぐ、でていって。そうじゃないと通りに面した窓から『火事だ！』って叫《さけ》んで、ご近所中を大騒《おおさわ》ぎにするんだから」

ライドンはおどろいたようだ。少しばかり感心しているようにさえ見える。「騒《さわ》ぎを起こす必要なんかないさ。クラブでの友人に連邦《れんぽう》判事がいてね。またすぐくるよ。今度は捜査《そうさ》令状を持って、警官といっしょにな。そうしたら、この家のすみからすみまで探して、きっと見つけだしてやる。おっと、失礼、救いだしてやる。きみが隠《かく》しているものをね」

わたしは答える代わりに、ドアまで歩いて、ドアをあけっぱなしにした。

ライドンはよいしょといって立ち上がると、足をひきずりながら、誇《ほこ》らしげにわたしの横を通っていった。けれども、廊下《ろうか》で立ち止まる。ライドンの目に涙《なみだ》が浮《う》かんでいるのを見てわたしはおどろいた。

「きみにはわからないのか？」ライドンはきびしい口調でささやいた。「きみはなにもわかろうとしない、愚《おろ》かな娘《むすめ》なのか？　わたしたちは時間をむだにしてるんだぞ！　わたしにはもう、時間が残されていない。これまで、ずっとこの瞬間《しゅんかん》を待っていたんだ。めったにない大発見のチャンスをな。きみはその頑固《がんこ》さで、なにもかもを台無しにしたいのか？」ライドンはわたしの手首をつかんだ。「きみはこの年寄りから、本気で奪《うば》い取ろうとしているのか？」

わたしはライドンの手をふりほどくと下をむいた。あまりにも混乱したのと恥《は》ずかしいのとで、ライドンの目を見ることができない。

「わかった、いいだろう。結局、きみは泥棒《どろぼう》の孫娘《まごむすめ》ということだ」

13

その夜、わたしはベッドの下に絵を置いて寝《ね》た。この絵をジャックのアトリエに置いておく気にはとうていなれなかったからだ。特に、母さんなら、警官たちにお茶をふるまって、家中案内してまわるかもしれないとわかったいまとなっては。なんとか、ちゃんとした隠《かく》し場所を見つけなければ。

パパラッチがいるかもしれないけれど、危険をおかしてでもボーディの家を訪ねるべきだと思った。

ところが、朝になってみると、道路わきにとめた車に違反切符《いはんきっぷ》を切っている婦人警官以外、スピニー通りはがらんとしていた。わたしはスピニー通り三十二番地まで半ブロックほど歩いた。正面の作りはほかの家と変わらないけど、レンガは補修されていて、ピカピカ光っているといってもいいぐらいだ。かけらが頭の上に落ちてこないかと心配になるようなうちとは大ちがい。

呼《よ》び鈴《りん》をおすと、ほとんどあいだをおかずに若い男の人がドアから頭をつきだした。細いジーンズをはき、もっと細いネクタイをしめ、髪《かみ》の毛をジェルでかためている。

「はい、なにか？」

わたしはなんだか恥《は》ずかしくなって、一九七〇年代製の短パンをひっぱりながらいった。

「ボーディはいますか？」

男の人は、わたしの頭からつま先までじろじろ見て、それから通りの左右に目をやった。カメラマンがいなかったおかげで、わたしが家にはいるのを許してもらえたようだ。彼《かれ》はしぶしぶといったようすでドアを大きく開いた。

「ボーディ、お客さんだよ」家の奥《おく》にむかってそう叫《さけ》ぶと、パソコンとヘッドホン、スマホ二台が必要らしい作業にもどっていった。

スピニー通り十八番地がタイムカプセルだとしたら、スピニー通り三十二番地はタイムマシンだ。家の中はがらんどうになっていた。元々《もともと》の内装も細かく分かれていた部屋の仕切りも全部取っぱらわれている。天井《てんじょう》もなくなっていて、四階部分にあたる天窓から日が差しこんでいる。家の後ろには、一枚ガラスの壁《かべ》がそびえ立っていて、アジアの石庭風の裏庭と境目がないように見える。真っ白な床《ゆか》と真っ白な壁《かべ》がとけあって、巨大《きょだい》な卵の殻《から》の中に踏《ふ》みこんでしまったような気がした。

このがらんとした蜂《はち》の巣の中には、十人では足りないぐらいの働き蜂《ばち》が動きまわっていた。ハイテクのキッチンで料理をする人、トランシーバーにむかって命令を怒鳴《どな》っている人、庭でヨガの「太陽礼拝」のポーズを指導している人などなど。どの人もいそがしそうだし、夢中になっているようすなので、ボーディが気づかれることなくかんたんに脱《ぬ》けだせるのもよくわかった。

「ハイ！」ボーディがはずむように階段をおりてきた。ありえないような形で壁《かべ》にひっかかって、空中に浮《う》いているように見える階段だ。「ここでなにしてるの？　あとでそっちにいこうと思ってたのに」

わたしはほとんど透明《とうめい》な合成樹脂《じゅし》製のコーヒーテーブルにひざをぶつけた。「パパラッチに見つかる危険をおかしてでもこなくちゃって思ったんだ」

「そっか。でも、あいつら、今日はみんなママにくっついていった。パパの映画にゲスト出演するんだ」ボーディはキッチンにはいっていって、スシ職人の脇《わき》を通るときにハイタッチをした。「なにか食べる？」

わたしが食べなかったときなんかあった？

「ダイスケ、ウナジュウはまだできないの？」

スシ職人は心外、といったように鼻を鳴らし、あごで壁《かべ》の方をしゃくった。ボーディは継《つ》ぎ目《め》なんかないように見える壁《かべ》に近づき、ある一点を指でおした。すると小さなドアがパカンとあく。ボーディはそこに手を突《つ》っこみ、湯気をあげている漆《うるし》塗《ぬ》りの重箱をひっぱりだした。別の場所をおすと、今度は冷蔵庫があらわれて、ボーディはツケモノと海草サラダ、コーラ二本を取りだした。ボーディはそれらを全部トレイにのせると、例の魔《ま》法《ほう》の階段をのぼっていった。

ボーディの部屋は、家の相似形だった。同系色の壁《かべ》に囲まれたがらんとした直方体で、ベッドのシーツはしっかりたくしこまれている。唯一《ゆいいつ》、わたしが知るボーディを思わせるのは机まわりだった。高価そうなパソコンと周辺機器がごちゃごちゃと置かれていて、壁《かべ》にはラファエロの絵がたくさんテープで留められている。中には、ボーディがスマホで撮《と》った写真のプリントアウトもあった。

「で、なにがあった？」ボーディは机にすわって、アツアツのウナジュウにはしを突《つ》き立てた。

「わたしはX線で撮《と》られたほかの絵を見てたんだ。ねえ、知ってた？　X線写真で見つかったんだよ、ティチ……ティツィ？……」ボーディは額にしわを寄せている。

「ティツィアーノだね」

「そう、それ。その画家は女の人とその人の息子《むすこ》を描《か》いたんだけど、だれかがその女の人を天使に描《か》き変えちゃったんだって。X線写真で、もう一度女の人が見つかったんだよ。これ、ほんとの話」

わたしもウナジュウを手に取って、ボーディのベッドのはしに腰《こし》かけた。「あの絵をここに置かせてもらえないかって思ってるんだ。何日かだけでも」

ボーディは疑わしげにわたしを見た。「ねえ、きいて。わたしだって、あの絵をここに置けるんならうれしい。オンラインで読んだブラックライト・テストもやってみたいしね。だけど、この家は人でごったがえしてる。しかも、自由にでたりはいったり。この部屋も、ホテルみたいに一日二回掃除《そうじ》されるんだよ。それに、もしあんなものがここにあったら」そういって、はしであの絵のプリントアウトをさした。「この部屋の内装にはぜんぜん合わないよ」

「たしかにそうだね」わたしはため息をついた。「だけど、どうしたらいいのかわからなくなっちゃって」そういうと、わたしはボーディにジャックの軍事記録の内容をかいつまんで話し、ライドンがやってきたことと、またかならずもどってくるといっていたことを話した。

「そうか、あの人はジャックのアトリエを突《つ》つきまわしたんだね。だったら、そこがいちばん安全な場所なんじゃない？　もし、もう一回やってきても、ほかのところから探しはじめると思うよ。そのあいだに隠《かく》す時間もあるんじゃない？　たとえば、屋上とか」

「そうかもね」

わたしはウメボシをしゃぶりながら、あのスーツケースを持って、避難《ひなん》階段をのぼったりできるだろうかと考えた。

「それで、ライドンはあの絵のことを知っちゃったわけ？」ボーディがいった。

「それはないと思う。ライドンが知ってるのは、絵があるってことだけ。そして、ジャックがそれをだれから手にいれたのか、わかってる気になってる」

「だれからなの？」

「ヒトラーから」わたしはそういってうなずいた。

「ジャックの機密任務って、ヒトラーから絵を盗《ぬす》み返すってことだったのかな？」ボーディの目が輝《かがや》いている。頭の中で映画の脚本《きゃくほん》を書きはじめているのがはっきりわかる。

「そうかもね」その瞬間《しゅんかん》まで、ふたつのことを結びつけては考えていなかった。ジャックはヒトラーお気に入りの美術品を盗《ぬす》む作戦の一環《いっかん》として、秘密の工作員の手引きで収容所から脱走《だっそう》したんだろうか？　あまりにも突拍子《とっぴょうし》もない話だけど、ここ数週間でわかったことは、どれもこれも似たようなものだ。「その前、ジャックはスタラーグⅨ-Bっていう収容所にいたんだけど、そこをでたあと三か月の記録は機密扱《あつか》いなんだよね」

「スタラーグⅨ-B？　なにそれ？」ボーディはウナジュウを脇《わき》に置くと、パソコンにむき直った。「ああ、これね。ドイツにあった捕虜《ほりょ》収容所だって。連合軍の捕虜《ほりょ》を収容してたんだね。アメリカ、フランス、ユーゴスラビア、ソ連、それに……うわ」

「どうしたの？」わたしは部屋を横切ってボーディの肩《かた》ごしにのぞいた。「ね、どうしたの？」

「うん、ただね、ここは全部の収容所の中でも最悪な場所のひとつだったんだって。最悪の環《かん》境《きょう》って意味だけど」

「えっ」わたしは息をのんだ。「ほかにはなんて書いてあるの？」

ボーディは画面を下にスクロールさせた。「ちょっと待ってね。おじいちゃんが行方《ゆくえ》不明になったのはいつだった？」

わたしは時間の流れを頭の中で整理し直した。「えっとね、エディーはバルジの戦いはクリスマスの直前だっていってた。だから、その二、三か月あとかな。一月から三月のあいだぐらいだと思う」

「何年だっけ？」ボーディはすでに打ちこみはじめながらいう。

「一九四五年でまちがいない」

ボーディは動きを止めてページをざっと読んでいる。それから、わたしの方にふりむいた。

「だとしたら、どうしてセオのおじいちゃんのファイルが機密扱《あつか》いなのか、わかった気がする」

14

一時間後、わたしたちはスタテン島行きのフェリーに乗っていた。運賃は無料。

ボーディはパソコンを駆使《くし》して、謎《なぞ》をひとつ解き明かしていた。ジャックは秘密の任務に就《つ》いていたわけではなかった。秘密の地獄《じごく》にいたんだ。

でも、その地獄《じごく》はいまでは秘密でもなんでもない。情報が秘密にされていた期間もあったけれど、ニュースというのはインターネットにもれていくもので、文書を保管している事務所も、ジャックのファイルを秘密にしておくことはできなかったようだ。

ジャックがスタラーグIX－B収容所からベルガと呼ばれる強制労働収容所へ移送されたのはまちがいないようだ。これまで、ヒトラーのガス室については読んだことがあったけれど、ほかにも収容者を死に追いやる方法があったとは知らなかった。奴隷《どれい》のように死ぬまで働かせるという方法だ。ジャックはベルガ収容所に送られた三百五十人のうちのひとりだった。三か月後、ヨーロッパでの戦いが終わったとき、三百五十人のうち生き残ったのは二百七十七人だった。収容者たちはひどい環境《かんきょう》でなぐられ、飢《う》えさせられ、倒《たお》れるまで働かされた。ここであったことは、勝利者のアメリカ軍にとって表にだしたくないと判断されたようで、解放される際、収容者たちは、収容所の場所や、そこで受けた仕打ちのくわしいことは明かさないように求められた。

そもそも、ジャックが戦争にいっていたことだけでもおどろきだ。けれど、八十歳《さい》代になっても身長百九十センチ以上の背筋をしゃんと伸《の》ばし、歩道をさっそうと歩いていたわたしのヒーローで庇護者《ひごしゃ》だったおじいちゃんが、パソコンの画面にあらわれた骨と皮だけの生存者だったなんて、想像もできない。

「この収容所のことはあのファイルにはなかったんだよ」わたしはボーディに抗議《こうぎ》した。ボーディはウィキペディアのベルガ収容所のページを開いている。「やっぱり、別の秘密の任務に就《つ》いてたんだよ」わたしはそういった。

なにもいわずにふたたびキーボードになにかを打ちこみはじめる前に、ボーディはあわれむような視線でちらっとわたしを見上げた。そのボーディのようすが忘れられない。数分後、ボーディは印刷アイコンをクリックしていった。「その点をはっきりさせてくれる人が、ひとりは見つかったから」

そんなわけで、わたしたちはスタテン島にあるシナイ老人ホームにむかっている。第二十八歩兵師団所属の上等兵モーリス・ノバクに会うために。そして、ボーディが見つけたニューヨーク・タイムズ紙の記事によると、ノバクさんは「ベルガの消えた兵隊」たちのひとりだ。

老人ホームはクーラーがきいていたけれど、それ以外にはなにもとりえがなかった。のろのろとあらわれた太りすぎの看護師は、最初はわたしたちをにらみつけ、そのあとは無視した。そのあいだ、掃除夫《そうじふ》はわたしたちの足下に邪険《じゃけん》にモップをつきつける。弱々《よわよわ》しいお年寄りたちを乗せたままの車椅子《くるまいす》が、コンクリート製の廊下《ろうか》にずらりと放っておかれたままならんでいる。そんなようすを見るまで、わたしはジャックの死を悲劇だと思っていた。でも、ジャックはきっと、こんな風に蛍光灯《けいこうとう》の下に放っておかれるよりずっとよかったんじゃないかと感じた。

ボーディはノバクさんの孫役を演じて、ノバクさんの部屋番号をあっさりききだした。すべての階にいちいち止まるエレベーターで十二階まで上がり、ようやく一二一一号室を見つけた。わたしはノックして、返事を待たずに、入浴タイムじゃないことを願いながらドアをおしあけた。

部屋は日当たりがよく、おどろくぐらい家庭的で、観葉植物が置かれ、壁《かべ》には、大リーグ、メッツのペナントや家族の写真がところせましと飾《かざ》られていた。ボーディとわたしは忍び足《しのびあし》で部屋にはいり、車椅子《くるまいす》で昼寝《ひるね》しているしわだらけのおじいさんを見つけた。薄《うす》くなった白髪頭《しらがあたま》にはユダヤ教の男の人がかぶる小さな頭巾《ずきん》がヘアピンでとめられている。つけっぱなしのテレビからは、サーフィン大会のようすが流れている。

「起こした方がいいかな？」わたしはささやいた。

「じきに起きるんじゃない？」

わたしたちは待った。

でも起きない。

ボーディが沈黙《ちんもく》を破った。「生きてんのかな？」

「もちろんだよ、生きてるに決まってるって」そういったけれど、ほんとうはあまり自信がなかった。「鼻の下に手をあてて、息をしてるかどうかたしかめればいいよ」

「だけど、鼻にはチューブがはいってるよ！」

たしかにそうだ。鼻にささったチューブは肩《かた》をこえて、床《ゆか》にある酸素ボンベにつながっている。

「それに、なんでわたしなの？」ボーディが不平をもらす。「この人、セオのおじいさんの友だちでしょ」

「友だちだなんていってないよ。だいたい、ジャックがあそこにいたかどうかだって……」

「おや、おまえはわたしのひ孫かい？」

モーリス・ノバクさんがわたしたちをまっすぐに見ている。体は車椅子《くるまいす》に沈《しず》んだままだけれど、あごは上がっている。

ボーディもわたしも、自分からは話そうとせずに間があいた。

「いいえ」しかたなくわたしがつぶやいた。

「そうだろう。ひ孫はみんな男の子のはずだからな。きみらは女の子だ」ノバクさんはボーディのカーキ色のパンツをちらっと見て「だよな？」と確認《かくにん》した。

「はい。わたしはセオです。セオドラ・テンペニー。こちらは、友だちのボーディ」わたしたちは順番に弱々《よわよわ》しい手を握《にぎ》った。「わたしたち、お友だちのことをおききしたくてやってきたんです」

「お友だち？」ノバクさんは首を伸《の》ばして部屋を見回した。「このあたりで女の子は見かけなかったよ。まあ、わたしは眠《ねむ》ってたけどね」

「いいえ、わたしたちのお友だちじゃなくて、あなたのお友だちのこと。わたしの祖父はジャック・テンペニーなんです」

「だれだって？」

「ジャック・テンペニー。戦争中にいっしょだったんじゃないかと思うんです。たとえば、あそこで」わたしはその名前を大きな声でいいたくなかった。「ベルガ？」

ノバクさんの目は暗く沈《しず》み、やがて明るく輝《かがや》いた。「ああ、ジャックか！　覚えているさ。第二十八歩兵師団。戦争以来、会ってないな。元気なのかな？」

「死にました」

「戦争で？」

「いいえ、先月」

「それなら、悪くないな。長生きはいいもんだ。どうやらジャックも長生きしたらしい」ノバクさんは車椅子《くるまいす》をわたしたちの方に動かして、震《ふる》える手ですわるよう合図した。

「テレビを消してくれないかな。野球を見てるうちに眠《ねむ》ってしまったみたいだ。で、きみの名前をもう一度きかせてくれないかな？」

「セオ・テンペニーです」

「まあ、いいか。どうせすぐ忘れるんだ。最近のことはすぐ忘れる」ノバクさんは頭巾《ずきん》の下をかいた。「だがね、五十年前のことは昨日のことみたいに覚えてるんだ」

ボーディとわたしは目を見かわした。

「それがききたくて、ここにきました」わたしはテレビを消して椅子《いす》をノバクさんの方に引き寄せた。「ジャックが戦争にいってたことはつい最近知ったんです。ジャック・テンペニーのことは覚えてるんですよね？　ベルガ収容所にいたかもしれないってことも。あなたもそこにいっしょにいたのか知りたくて」

「ああ、いたとも。わたしらはあの隊でふたりだけのニューヨークっ子だった。それで、すぐに仲良くなったよ。あいつはヤンキース・ファンだったのはしかたないさ。わたしはドジャース・ファンでね。ただ、ハリウッドに移ってからはメッツに鞍替《くらが》えしたよ」ノバクさんはベッド脇《わき》の壁《かべ》のペナントのほうを手でさした。「ところで、試合がどうなったか、知らないかい？」

ボーディがすばやくスマホでチェックする。「六対二でレッドソックスが勝ってます。残念、ノバクさん」

ノバクさんはため息をついた。「レッドソックスめ。いったいいなんだって、とつぜん勝てるようになったんだ？　そうだ、わたしのことはモーと呼んでくれないかね。ひ孫たちはそう呼ぶんだ」

「じゃあ、モー」わたしが切りだした。「おじいちゃんがつかまったとき、いっしょだったんですか？」

「そうだ。わたしたちふたりは、戦闘《せんとう》中にドイツ軍の偵察《ていさつ》をしにいったときにつかまった」

「それで、ふたりは捕虜《ほりょ》収容所に送られた？」

「そうだよ。でも、そこはスタラーグⅨ‐B収容所だった。それはステキなところさ。二百五十人の男たちが、隙間風《すきまかぜ》の吹《ふ》く木造のバラック一棟《とう》で暮らしてた。真冬の一月のなかばに、三センチも隙間《すきま》のある小屋暮らしだからね。それに、捕虜《ほりょ》の中にはオーバーコートを持ってない者もいた」

「コートなし？　いったいどうやって……」

「いったいどうやって寒さから身を守ったかって？　身を守ることなんてできなかったさ。ケツの穴まで凍《こご》えてた。一日に二回、ドングリから作ったコーヒーとスープが配給された。みんなは『雑草スープ』って呼んでたけどね。それと一日にパン一個を四人で分けあった。小麦粉とかんなクズで焼いたペーパーウェイトみたいなカチカチのパンさ」ノバクさんは思い出してぶるっと震《ふる》えた。「信じられないだろうが、ここの連中はシチメンチョウのクリームソースがけにけちをつけるんだよ」

「なんかまずそう」

「シチメンチョウのクリームソースがけがか？　いいや、これはそんなに悪くないんだ」

「そうじゃなくて、収容所の食事のこと」

「まずいなんてもんじゃないよ。あのスープは口からしりに直行だ。二百五十人の下痢腹男《げりばら》に便所はひとつだけ。それも、とても便所と呼べるようなもんじゃない。地面にあいたただの穴だ。風呂《ふろ》はない。シャワーもない。トイレットペーパーさえなかった」

今度はわたしの方がぶるっと震《ふる》えた。「そこには、ずっと?」

「いや、長くはいなかったな。一か月ほどたって、衛兵がアメリカ軍の士官に収容所内のユダヤ人を全員引き渡《わた》すようにいったんだ。もちろん、どこにつれていかれるのかはわかりきってる。捕虜《ほりょ》の中に、宗教に関してはどんな質問にも答えないようにという指示が広がった。ユダヤ人の中には認識票《にんしきひょう》を地面に埋《う》めたものもいた。ユダヤ人の認識票《にんしきひょう》には『ヘブライ』を意味するHという文字が刻まれてたんだ。ところが、衛兵はユダヤ風の名前や、ユダヤ人風の顔つきの兵士をかたっぱしから引き立てて、別のバラックに移しはじめたんだ。わたしは自分から進んでそこにいったよ」

「自分から進んで?」

「そうなんだ。わたしはユダヤ人として入隊した。そして、ユダヤ人の権利のために戦った。どうせ死ぬのなら、ユダヤ人として死にたかった。それに、正直いって、どこも似たようなもんだと思ったのさ」

「だけど、ジャックはユダヤ人じゃないのに。どうしてノバクさんといっしょに？」

「衛兵にはノルマがあったんだが、その数に足りなかったのさ。そこで、トラブルメーカーも加えるようになった。ただ、しまいにはでたらめにつれていかれるようになった。ジャックもその口だったと思うよ。

やつらはわたしらを鉄道貨車におしこんだ。五日間、暖房《だんぼう》も、食べ物も水もなかった。鉄格《てつごう》子《し》の隙間《すきま》からはいってくる雪だけがたよりだ。

ようやくベルガについてみると、それまでの収容所と、見た目はそんなに変わらなかった。ただ、収容者の姿はぜんぜんちがってたよ。わたしらは、彼《かれ》らのことを『ゾンビ』と呼んでいた。死体が歩いてるようなものさ。まるで、縞《しま》模様のパジャマを着た骸骨《がいこつ》だ。そのうちのひとりが、ふらふらとわたしに近づいてきて、質問をひとつした。わたしはなにも考えずに返事をした。だが、ふと、わたしたちはイディッシュ語で話してることに気づいた。ドイツ系のユダヤ人のことばさ。彼《かれ》も、わたし同様、ユダヤ人だったんだな。そのとき、ヨーロッパのユダヤ人になにが起こっているのか、わたしにもわかったんだ。そして、わたしたちになにが起こるのかもね」

「だけど、軍に志願したのは、そのためじゃなかったんですか？　ユダヤ人のために戦うって」

「悪いんだが、酸素ボンベの替《か》えを持ってきてくれないかな？」

モーは部屋のすみにかたまって置いてあるボンベの方に顔をむけていった。わたしはそのうちのひとつをひきずってきた。ボンベの交換《こうかん》をするモーの呼吸は苦しそうだ。

「ナチスがユダヤ人を迫害《はくがい》していたのは知ってたさ。ユダヤ教の礼拝所シナゴーグやユダヤ人が経営する店が焼き払《はら》われたのはきいていた。だが、虐殺《ぎゃくさつ》されていることは知らなかったんだよ。あの収容所で、わたしたちを死ぬまで働かせる計画だったことも知らなかった。

ドイツ軍はどんどん絶望的な状況《じょうきょう》に追いこまれただろ？　山の方で鉱山を掘《ほ》る労働力が必要だったんだな。そこにわたしたちが送りこまれたってわけだ。パジャマ姿の骸骨《がいこつ》はだれなんだって？　アウシュヴィッツやブーヘンヴァルトの収容所から移送された人たちだ。その時点では、それらの場所についてもなにも知らなかったんだがね。

わたしたちは鉱山に送られて、岩を砕《くだ》いたり、瓦礫《がれき》を片づけたり、ダイナマイトを仕掛《しか》ける穴をハンドドリルであけたりさせられた。岩を運ぶのも穴を掘《ほ》るのも、あかぎれができて、血が流れる素手《すで》でやらされたんだよ」モーはしわだらけの手をかざして見つめている。「手袋《てぶくろ》なんかない。マスクもない。岩の破片からでた細かいほこりが充満《じゅうまん》した空気を、毎日十時間も吸ったり吐《は》いたりさ。いま、こんな姿で死にかけてるのも、たぶんそのせいなんだろうな」

モーが指ではじくと、酸素ボンベがカチンと音を立てた。ジャックのぜんそくは、戦争にいかないための役に立ったわけじゃなく、戦争から持ち帰ったものだったことにわたしは気づいた。

「歩くのが遅《おそ》いとなぐられる。岩のはいったかごを落としたらなぐられる。息を整えようと立ち止まったらなぐられる。その上、わたしたちは完全な飢餓《きが》状態だった。食べ物はスタラーグIX-B収容所より少なかったからね。だれもかれも、とても働けるような状態じゃなかったのさ。特に、あんな重労働にはね。となれば、当然、毎日なぐられる。

わたしたちは全員、常に飢《う》えていた。だが、わたしらはまだましな方だったんだ。ジャックとわたしは厨房《ちゅうぼう》仕事をあてがわれたからさ。そうじゃなきゃ、とっくに死んでたよ。その仕事も楽じゃなかった。スープのはいった二百キロもある大桶《おおおけ》をいくつも積んだ荷車を、急な丘《おか》の上にある収容所からおろすのは四人の男たちで、帰りはまたその丘《おか》をのぼらなきゃならない。もし、ほんの少しでもスープをこぼしたら……」

「なぐられる」ボーディがしめくくった。

「そうなんだ」モーはそういった。わたしたちがちゃんときいているのを確認《かくにん》して、少しだけ微笑《ほほえ》んだ。「だが、それだけの価値はあったよ。あちらで少し、こちらで少しといった具合に、余計に食べ物を手にいれられたんだからね。それに、いちばんありがたかったのは、荷車をひいているときには、おしゃべりができたんだ。少なくとも三人でね。もうひとりはセルビア語しか話せなかったから」

「ほかの三人は英語で？」

「そうだ。ほとんどが食べ物の話だったがね。ミートローフやローストビーフ、パイや、おばあさん手作りのなべ料理。それに感謝祭のシチメンチョウや果汁《かじゅう》のしたたるスイカの話さ。あとはコーヒー。本物のコーヒーだよ」モーはしばらく空想に浸《ひた》っているようだったけれど、とつぜんなにかを思い出したようだ。「そうだ、おやつはいらないかい？」モーはアルミの裏がついたパラフィン紙を取りだした。「姪《めい》っ子《こ》が持ってきてくれたシナモンロールだよ」

わたしもモーが食べ物の空想に浸《ひた》る気持ちはよくわかる。ビーツでおなかがいっぱいのときでも、食べたくても食べられない食べ物のことをしょっちゅう思い浮《う》かべていたから。それに、ジャックが食糧《しょくりょう》貯蔵室にいつもたっぷりの食べ物を蓄《たくわ》えるように心がけていた理由もよくわかった。わたしが夢中になってどのシナモンロールにしようかと選んでいると、ボーディに肘《ひじ》で突《つ》つかれた。

「ほら、絵の話」

あやうく忘れるところだった。「ジャックから絵の話をきいたことはありませんか？」

「いいや」モーは自分でもシナモンロールに手を伸《の》ばしながら答えた。「絵の話ならマックスだな」

「マックスっていうのは？」

「マックスの話はまだだったかな？」モーはシナモンロールのくずを無精《ぶしょう》ひげの生えたあごから払《はら》い落とし、両手をパンパンとたたきながらいった。「マックス・トレンチャー。マックスのことはみんなが知ってた。あの収容所はマックスが動かしてたようなものだからな」

「衛兵ですか？」

「ちがうよ、囚人《しゅうじん》さ！　本物の天才だ。たぶん、生まれはポーランドだが、戦争前にはパリで大金持ちの有名人だった。何か国語もペラペラだったな。衛兵とも完璧《かんぺき》なドイツ語で冗談《じょうだん》を交《か》わしてた。衛兵たちは、笑いながらマックスが余分な食べ物をポケットにいれるのをそっぽをむいて見のがしてた。衛兵たちを楽しませるこつを心得てたんだな。なにか価値のあるものを持ってるなら、マックスのところに持っていくといい。囚人《しゅうじん》たちの中には、まだ腕時計《うでどけい》や指輪、現金を隠《かく》し持ってる者がいたんだよ。マックスは衛兵にかけあって、そんなものを余分な食べ物やタバコ、服なんかと交換《こうかん》してくれた。もちろん、ちょっとした手数料はもらっていたんだろうが、いつだって公平な取り引きをしてたものさ」

「だけど、その人は絵の話をしてたんですよね？」

「そう。食べ物の話をしていないとき、マックスとジャックは美術の話をしてたよ。マックスはパリで画廊《がろう》を経営してたんだ。ナチスに乗っ取られるまではね。それで、マックスとジャックはマックスの画廊《がろう》にあった絵の話をしてたんだよ。大きな美術館にあってもおかしくないような絵の話をね。その中でも、とりわけ一枚の絵についてはしょっちゅう話してたな」モーの声がそこでとだえた。

「それがどんな絵だったのか覚えてます？」わたしはやんわりつついてみた。

「ああ、覚えてるさ」その声は喉元《のどもと》でつまっている。モーは窓の外に顔をむけて、となりのレンガの壁《かべ》を見つめた。「わたしたちのまわりは醜《みにく》いものだらけだった。足首まで汚物《おぶつ》につかって、なぐられ、飢《う》えていた。それもナチスの計画のうちだったんだ。わかるかな？　この地球上に、わたしたちの居場所はどこにもないと信じこませるための。だけどね、その醜《みにく》さと残酷《ざんこく》さを貫《つらぬ》き通すのが『美』というひと筋の光なんだよ。きみらには……」

しばらくあいだをおいて、また話しはじめた。「その絵には一羽の鳥が描《えが》かれていた。はばたく鳥だ。そしてある日、もう百回目にはなろうかというその絵の話をマックスがはじめたとき、木々《きぎ》の上のほうから鳥の声がきこえてきたんだ。ヒバリだったのかもしれない。わたしは都会っ子だから、よくわからないんだけどね。わたしが知ってる鳥はハトだけだったから。だが、まあ、その鳥がなんであれ、太陽の日差しを受けて雪がばさばさ落ちている木の枝にとまったその鳥が、歌をうたっていたんだ。その歌の中には春があった。春が近づいている。そしてそのとき思ったのさ。もし春まで生き延びることができれば、連合軍がやってくるってな。だからわたしは、毎日毎日、泥水《どろみず》みたいなスープを積んだ荷車をひっぱりながら、あの鳥の声がきこえないかと耳を澄《す》ましていた。そして、自分自身にいいきかせたよ。『あと一日がんばろう』ってね」

「鳥？」今度はわたしの声が喉元《のどもと》でつまった。「その鳥が描《えが》かれた絵には、お母さんと子どもは描《えが》かれていました？」

「ああ、そうだった」モーはわたしの方を見た。「ジャックからきいたのかい？」

わたしはそれには答えずにつづけた。「マックスはその絵を持ってたんですか？　収容所で」

「いいや。それが問題なのさ。マックスはその絵を取り引きに使った。ナチスどもはフランスでユダヤ人を狩《か》り集めて伝えたんだ。つれていくのはおとなだけで、子どもは置いていくとね。だが、その状態がいつまでつづくのかはだれにもわからない。マックスには女の子がひとりいてね。四歳《さい》か五歳《さい》だった。マックスはその子を目にいれても痛くないほどにかわいがっていた。絵について話していないときには、その子、アンナのことを話していたよ。アンナがあした、アンナがこうした、ってね。とにかく、マックスと奥《おく》さんが東方に送られると告げられたとき、マックスはその絵をある知り合いのナチスの高官に渡《わた》すと約束したんだ。いってお くが、マックスはだれとでも知り合いだった。その高官なら娘《むすめ》の身を守ってくれると思ったんだろうな。その絵を手にいれるためなら、その高官はどんなことでもしてくれるだろう、という確信があったんだと思うよ」

「アンナは助かったの？　どこに送られたの？」

「マックスは知らなかった。たぶんスペインだろう。スイスかもしれない。マックスと奥《おく》さんはアウシュヴィッツに送られた。奥《おく》さんは到着《とうちゃく》するとすぐにガス室行きだった。ポーランドにいた親兄弟も殺されてしまったことは、すぐに知ることになる。マックスは大物だったから、ナチスも生かして働かせることにしたようだ。それで、すぐにブーヘンヴァルトへ移送されて、まもなくベルガへ送られた。マックスにはどんな取り引きだってできたんだ。さっきも話したようにね」モーはため息をついた。「だが、結局、娘《むすめ》が安全なのかどうか知らないまま死んでしまった」

「収容所で死んだんですか？」

「きみのおじいさんといっしょにいるとき死んだんだよ！　あの脱走《だっそう》のせいで、残っていたわたしたちも全員殺されるところだったんだ」

「わたしのおじいちゃんが脱走《だっそう》したとき、モーもそこにいたんですか？」

モーは誇《ほこ》らしげに答えた。「そこにいたかって？　わたしは計画のすみずみまで知ってたんだ！　きみのおじいさんはアメリカ軍が近づいているのを知っていた。ジャックは自分のアーリア系の見た目とマックスのドイツ語があれば、うまくだまし通して、農村地帯を抜《ぬ》けて連合軍の最前線までたどりつけるとふんだんだな」

「あなたもいっしょだったんですか？」

「ふたりはそういってくれたよ。だがことわった。どこかのドイツ人の農家の納屋《なや》にいるよりは、収容所の厨房《ちゅうぼう》係として残ったほうがチャンスがあるだろうと思ったんだ。マックスはナチスの軍服を二着手にいれて、毎晩、点呼が終わるとふだんの服の下に身につけた。夜中に空襲《くうしゅう》があると衛兵は電源を切るんだが、マックスとジャックはその瞬間《しゅんかん》を待っていた。フェンスに流れている電流も切れて、下をくぐって森へ逃《に》げこめるからね。

そして、ある夜、ついに空襲《くうしゅう》があった。衛兵が電源を切るとすぐに、ふたりはフェンスまで走った。ところが、マックスの軍服が有刺鉄線《ゆうし》にひっかかってしまったんだ。電源がもどったとき、マックスはまだそこにいた。それでおしまいさ。マックスは撃《う》たれてしまった」

「だけど、ジャックは逃《に》げたんですか？」

「ああ、逃《に》げたんだ。どうやって逃《に》げたのかはさっぱりわからない。衛兵は犬をつれて追いかけたんだけどね。もちろん、連帯責任でわたしたちにもきびしい罰《ばつ》が待っていた。つぎの一週間、食べ物は半分に減らされたよ」

「食べ物を減らした？　半分に」ボーディが勢いこんでいった。「だけど、ほとんどゼロの半分って……」

「すずめの涙《なみだ》さ。そして、連合軍が迫《せま》ってくると、衛兵たちは荷物をまとめさせて、丸二週間、東にむけて行進させた。ようやくアメリカ軍が追いついたときには、わたしの体重は四十五キロだったよ」モーは静かに笑った。「母親にはいつもやせっぽちだといわれていたなと思い出したよ」

わたしは息をのんだ。前回の身体測定のとき、わたしの体重は四十五キロを少しこえていた。十三歳《さい》の女の子のわたしが。世界の民主主義を守るために戦う兵士なんかじゃないわたしが。

「お母さんは、あなたの姿を見たとき、なんていったんですか？」

「家に帰る船に乗るまでに、お医者たちがずいぶんがんばってくれてね。それに、収容所でのことはなにひとつ話さなかったし。病院でわたしは書類にサインをさせられたんだ。ベルガでのことはいっさい口外しないって。『戦時、および平和時の保安のために』ね」モーは苦々《にがにが》しげに首をふった。「そんなものはでたらめだってことは、そのときにだってわかってたさ。ドイツの優秀《ゆうしゅう》な科学者たちをアメリカにつれだしたがってるときに、変な噂《うわさ》が流れるのはまずかったんだろう」

「ずいぶん、腹が立ってるんでしょうね？」だって当然だ。ベルガでのことを知ったいま、友だちを殺した人間から絵を盗《ぬす》み返して、何年も隠《かく》し通したジャックの気持ちがよくわかる。

「ジャックもおんなじだったんだと思います」

「腹が立ってるかって？　いいや。わたしは怒《いか》りなんて信じてないよ。信じてるのは復讐《ふくしゅう》だけさ」

「どうやって復讐《ふくしゅう》したの？」ボーディはほかにも絵がないかと室内をきょろきょろ見回しながらたずねた。

モーは震《ふる》える手で壁《かべ》いっぱいに貼《は》られた写真の方をさした。結婚祝《けっこんいわ》いのパッチワークキルトの写真。ユダヤ教の成人式のようなバルミツバーの写真。それに家族の集合写真。旅行のスナップ写真に交じって、何世代もの赤ちゃんの写真が貼《は》られている。賞状のはいった額や、なにかの賞金なのか巨大《きょだい》な小切手を受け取っている写真もたくさんある。「創世記第十五章。『天を仰《あお》いで、星を数えてみなさい。あなたの子孫はあのようになるでしょう』」モーはにっこり微笑《ほほえ》んだ。「わたしにとって、これ以上の復讐《ふくしゅう》はないんだよ」

マンハッタンにもどる帰りのフェリーでは、ボーディもわたしもおとなしかった。ひとつには、暑い午後に味わう、潮風が心地《ここち》よかったせいもあるだろうと思う。だけど、自由の女神《めがみ》が近づくと、わたしたちはどちらからともなく手すりのところで寄りそって、自由の女神《めがみ》を見送った。

「結局、あの絵はマックスのものだってことだよね？」ボーディがとうとう口を開いた。

わたしはうなずく。

「どうやって、ヒトラーの手に渡《わた》ったんだろう？」

「たぶん、だれだか知らないけど、そのナチスの高官がヒトラーに献上《けんじょう》したんだろうな。そうじゃなければ、自分の直属のボスに。そのボスはそのまたボスに。そうやってヒトラーにたどり着いたんじゃないかな。モニュメンツ・メンについての本には、ナチスの連中はだれもが美術品を集めてたって書かれてた。それで、それを昇進《しょうしん》のために使ったりしたみたい」

「じゃあ、あの絵は、正真正銘《しょうめい》マックスのものなんだね」

わたしはしばらく考えた。「それはわからない。取り引きに使ったんだから。公明正大に」

「公明正大っていえるのは、アンナがちゃんと生き延びてた場合だけだよ」

「だれそれ？」

「アンナだよ。マックスの娘《むすめ》の」

「ああ、そうだった」

ボーディはわたしの頭を指でコツコツとたたいた。「いい。セオはこの件について、ちゃんと書き留めておかなくちゃだめだよ」

その通りだ。わたしはセーター製のバッグから、ペンと使い古しの宿題ノートをひっぱりだした。

「さてと」わたしは走り書きをはじめた。「マックスはベルガにいた」

「アウシュヴィッツとブーヘンヴァルトにもね」ボーディがつけたす。

「うん。……ブーヘンヴァルト……よし。一九四五年の三月から四月と。マックスの姓《せい》ってなんだった？」

「トレンチャー？」

「そうそう。マックス・トレンチャー。娘《むすめ》はアンナ・トレンチャー」

「アンナは生き延びたのかな？　いまでもどこかにいるのかな？」ボーディは手すりにもたれている。おさげの髪《かみ》がゆれている。両手で船が上げる水しぶきに触《ふ》れようとしている。「手遅《ておく》れになる前に、なんとか探しださなくちゃ」

わたしはノートから顔を上げた。「ちょっと、待って。どういうこと？」

ボーディは背筋を伸《の》ばすと、エンジン音に負けないように声を張った。「アンナ・トレンチャーを探しださなきゃっていったんだよ。手遅《ておく》れになる前に」

アンナ・トレンチャー。手遅《ておく》れになる前に。

「それと、宝物《アンド・トレジャー》」ではなく、アンナ・トレンチャーを。

死ぬ直前にジャックがわたしにいったのは、そのことばだった。手紙を見つけなくちゃ。そして、アンナ・トレンチャーを。手遅《ておく》れになる前に。

15

わたしはすぐさま世界のすみずみまで、アンナ・トレンチャーを探しにでかけたわけではない。椅子《いす》にただすわって、この大発見について一日、二日、あれこれと考えつづけた。

正確には五日間だけど。

別に自慢《じまん》できるようなことじゃない。ジャックがよくいってたけど、わたしはまごまごしてたんだから。

アンナ・トレンチャーさんにはなんの問題もない。きっとかわいい女の子だったんだろう。四歳《さい》の女の子ならだれでもそうであるように。どんどん高まっている不公平だよという気持ちは、おじいちゃんにむけるべきものなのはわかっている。

わたしたちの手元には、ジャックが六十年も隠《かく》し持っていた絵がある。ジャックはこの絵を売ろうとしたんだろうか？　そんなはずはない。ジャックは、この絵を売れるように、購入歴《こうにゅうれき》や背景を残してくれたんだろうか？　ちがう。ジャックはこの絵を返還《へんかん》して、いくらかの報奨《ほうしょう》金《きん》を求めたんだろうか？　それもちがう。ジャックがこの件について、ものすごく気にかけていたのなら、少なくともその女の子の正確な名前や事情をわたしに残したんだろうか？　いいや、残していない。

その代わり、ジャックはわたしに「宝物《トレジャー》」といい残した。でも、ジャックが残してくれたのは、ジャック本人も会ったことのない女の子を探せといういまわのきわのことばと、その女の子の絵だった。そう、あの絵はその女の子のものなんだ。

そんなわけで、アンナ・トレンチャーの大捜索《だいそうさく》に乗りだす代わりに、それから、二、三日を家にまつわるあれやこれやについやした。宝物が見つからなければ、最後にはわたしたちのため、わたしたちの家のために必死になってお金を稼《かせ》がなくちゃならなくなる。

わたしは死《し》に物狂《ものぐる》いで家事に取り組んだ。野菜や果物を瓶詰《びんづめ》にし、ピクルスにし、ジャムにした。キッチンシンクの排水管《はいすいかん》のつまりを直し、二階のトイレのつまりを直した。テンペニー家に残っている使い古しのトングやフォークといった銀器をかき集めて、質屋に持っていって、なんとか七十八ドル手にいれた。小銭《こぜに》でも落ちていないかと、ジャックの衣装簞笥《たんす》をかきまわすことさえした。その簞笥《たんす》は、わが家とマダム・デュモンの家のあいだに残っている通用口をふさぐように置いてあるものだ。ジャックはその簞笥《たんす》を、マダム・デュモンにいびきがうるさいと抗議《こうぎ》されてからそこに置いた。そうでもしないと、マダム・デュモンが夜中にしのびこんできて、寝《ね》ているあいだに首をしめられるかもしれないと考えたんだと思う。

そうしているあいだも、母さんはレポート用紙にむかって、カリカリとなにかを書きつづけていた。

わたしは片方の耳をいつも玄関《げんかん》のドアにむけながら、やるべき仕事に取り組んだ。頭の中では、捜査令状《そうさ》を手にしたライドンと警官たちが玄関《げんかん》にやってくるシーンがふくらんでいた。わたしは、絵を持ってこういってやるんだ。「この絵はね、アンナ・トレンチャーっていう人のものなんだよ。その人を探してきなさいよ」バタン！

でも結局、ドアをたたくのはボーディだけだった。でも、わたしはカーテンをひいて息をひそめ、ボーディのノックもメモも敢《あ》えて無視した。

火曜日の朝、郵便受けに突《つ》っこまれたメモを見つけた。「アンナ・トレンチャーでググってみたけど、結果はゼロ件。結婚《けっこん》して名前が変わってるのかも。エディーにならら探せるかな？今日の十二時に図書館で会おう」

その日一日、わたしは食糧《しょくりょう》貯蔵庫のリスト作りにはげんだ。豆が少なくなっていた。それから、また瓶詰《びんづめ》をつくった。

水曜日のメモはこれ。「どこにいるのさ？　エディーからホロコーストについての本を何冊か借りた。手助けしてくれそうな友だちもいるって。ねえ、あんたんちに電話はないの?!」

木曜日には二枚のメモ。ひとつは「箪笥《たんす》の下敷《したじ》きにでもなってんの？」。もうひとつは「?・?・?・?・?・?・?・?・?・?」。

金曜日の朝はうだるように蒸《む》し暑かった。鏡をのぞくと、わたしの目には狂気《きょうき》の色が浮《う》かびはじめていた。公園で見かける服の上からブラジャーをつけてる女の人みたいに。そろそろ、家からでるころだ。

その日は、でかけるとしたら市民プールにいくぐらいしか考えられなかったので、母さんの蛍光色《けいこうしょく》の水着を身につけ、その上から古いタオルで手作りしたビーチコートを着た。庭仕事を終え、母さんの部屋の外に紅茶ののったトレイを置き、ゆで卵とグリーンピースのランチをセーター製のバッグにいれて、意気揚々《ようよう》と玄関《げんかん》をでた。

玄関《げんかん》前の階段でボーディが待ちかまえていた。ボーディは立ち上がると、おしりについた乾《かわ》いたペンキの破片を払《はら》い落としながらいった。

「ようやくだ」

「ああ、おはよう。いたんだ」わたしは明るくいった。

「それはこっちのセリフだよ。なんでわたしを避《さ》けてたの？」

「別に避《さ》けてたわけじゃ……」

「ないわけないじゃん」ボーディは腕組《うでぐ》みをしてわたしの前に立ちふさがった。

「いろいろいそがしくて」わたしはいいわけがましくいった。「家の仕事をしなくちゃいけない人もいるんだよ。生活を切り盛りしてくれるアシスタントのチームを抱《かか》えた人ばっかりじゃないんだから」

ボーディは怒《おこ》っているというよりは、おもしろそうにわたしを見つめている。「セオはアシスタントのチームを必要としてるんだとばっかり思ってた。だけど、わたしひとりでやるわけにはいかないんだから」

「どういうこと？　わたしはボーディになんにもたのんでないよ」

「わたしはなにをしてたと思う？　あの女の子を探してたの。アンナ・トレンチャーを」

ボーディは大きな瞳《ひとみ》でわたしをじっと見つめる。わたしは目をそらしながらいった。「自分でも、その子を見つけたいのかどうか、わからないんだ」

わたしはボーディの脇《わき》を通り抜《ぬ》けて歩道を歩きはじめた。

「見つけたくないってこと？」ボーディがわたしにならんで速足で歩く。「おじいさんからたのまれたことじゃないの？　その女の子はどこかにいるんだよ。いまじゃ、女の子とはいえないけど、どこかで絵がもどってくるのを待ってるんだよ。セオはあの絵をずっと手元に置いておくつもり？」

「ジャックもそうしてたじゃない。どうしてわたしはそうしちゃいけないの？」

わたしたちは市民プールにむかって、七番街にでた。

「ねえ、きいて」わたしは勢いこんだ。「わたしはおじいちゃんを亡《な》くしたの。生まれてからずっと、毎朝見ていた絵もなくした。わたしに約束されていた秘密の宝物もなくしてしまった。ほんとうにあるんだか、どうだかはわからないけど。その上あの絵まで手放してしまったら、わたしには、もうなにも残ってない。結局、あの絵はおじいちゃんが残してくれたたったひとつのものだったんだ」わたしは歩道の真ん中で立ち止まった。「もうこれ以上なくしたくない」

ボーディはとまどっているみたいだ。「なにいってんだか。たしかになくしたものはあるかもしれないけど、見つけたものもたくさんあるじゃない。まずは、あのきれいな絵を見つけた。それから、まったく知らなかったおじいちゃんの別の面も見つけた。それに、おじいちゃんにまつわる歴史や人や物語もたくさん見つけたじゃないの」

ボーディはそこで恥《は》ずかしそうに微笑《ほほえ》んだ。

「あと、友だちもひとり見つけたでしょ。わたしもだけど」ボーディはナンシー・ドゥルーの本の登場人物みたいに、腕《うで》をからめてきた。「今年の夏は、これまでで最高の夏だよ。アルゼンチンでスノーボードをしてすごした夏もふくめてだよ」

「あら、すごい偶然《ぐうぜん》ね。ちょうどふたりのことを考えてたの」

顔を上げると黒づくめの見慣れた姿が、わたしたちの方にむかって歩いてくるところだった。セシリー牧師は相変わらずペタンコのサンダルをはいているけれど、黒いバミューダ・パンツと詰襟《つめえり》の僧侶《そうりょ》シャツという組み合わせの服装だ。

「謎解《なぞと》きは進んでますか？　友だちのガスは役に立った？」

「え、だれ？」

「オーガスタス・ガービーよ。カドワラダーで働いてるわたしの教区民の」

その人がガスって呼ばれてるのがわかってたら、あんなにおじけづかずにすんだのに。「いいえ、役に立ったとはいえなくて」

「あら残念。あの絵のこと、わたしもすごく気になってるの。なにか特別な感じがしたもの。ひと目見たら、忘れられなくなってしまう」

「ちょうど、セオにその話をしてたんだ」ボーディはわたしにむかってベロを突《つ》きだした。

「そうだったのね。わたしはあのあと、あれこれ考えてみたんです」セシリー牧師は手提《てさ》げかばんの中をかきまわして、折りたたまれた紙をひっぱりだした。「あの詩をもう一度見直して、ほかの解釈《かいしゃく》を思いついたの。ラファエロにかかわってくるんですけどね」

ボーディとわたしは目を見かわした。ナチスのことや秘密の任務、姿を消した女の子やなんかに夢中になっていて、絵そのもののことを忘れてしまうところだった。

「ラファエロですか？」わたしは手をさしだした。「いろんな解釈《かいしゃく》があると思うから。そのメモ、あずかっていいですか？」

「もちろんですよ」セシリー牧師はわたしの手にその紙をおしつけた。「だけど、あとでわたしのところにきて、見つけたものについてなにもかも話すって約束して。わたし、すっかりあの絵のとりこになってしまったの」

「かならずそうします。ありがとうございます、セシリー牧師」

「いいえ、どういたしまして」セシリー牧師はわたしの肩《かた》をぎゅっと抱《だ》くと、七番街を遠ざかっていった。

ボーディはまたもや、わたしの前に立ちふさがる。「あの人のいう通りだよ。セオだってわかってるんでしょ？」

「あの人ってだれのことだい？」大柄《おおがら》な人が近づいてきて、太陽の光をさえぎった。エディーだった。エディーはミラーのサングラスをスキンヘッドの頭の上にひっかけている。「ダイナーで待ち合わせてたんだと思ってた」

「うん、そうだよ。でも、この人には別の考えがあるみたい」

「ダイナーでだれと会うって？」わたしはエディーとボーディを交互《こうご》に見た。

「わたしたちだよ。セオとね。そのためにセオの家まで迎《むか》えにいったんだから。エディーが手がかりを見つけてくれたんだ」

「手がかりじゃなくて友だちだよ。うーん、友だちともいえないかな。まあ、仲は悪くないんだけど、いわゆるお友だちってのとはちがうな」エディーは顔を赤らめた。「クラスメートなんだ。図書館学のクラスの。とにかく、彼女《かのじょ》はこの近所で働いてて、その行方《ゆくえ》不明の女の子を探す手伝いができるっていうんだよ」

わたしはボーディを見た。「エディーに話したの？」

「だめ？」

「だめに決まってるじゃない！　だって……」思わず大声をあげてしまったんだろう。ヘッドホンをしていた通りすがりのあんちゃんまで、顔を上げてこっちを見てるんだから。「だって、これはわたしの絵で、わたしの謎《なぞ》で、わたしの問題だから。それに、最後までやるかどうかを決めるのもわたしだよ」

「やあ、セオさん、こんにちは」ローストしたバニラの香《かお》りがただよってきたのでふりむくと、サンジブさんが屋台をひいて通りすぎるところだった。「あの絵の謎《なぞ》についていろいろ考えたんだ。あれはラテックスだよ。ラテックスペイントで描《か》かれた絵だったんだと思うよ。いろいろ調べてみたからきみに見せてあげよう」

ボーディはわたしの肩《かた》に腕《うで》を回した。

「悪いわね、セオ。でも、いまじゃ、わたしたちふたりだけの問題じゃないみたいだよ」

16

エディーの友だちはユダヤ歴史センターで働いていた。このセンター、六棟《とう》からなる建物で、異なる五つの団体が共同で運営している最先端《さいせんたん》のリサーチ施設《しせつ》だ。わたしたちは金属探知機を通り、登録し、写真を撮《と》られ、再登録し、ようやく中央の図書館に通された。タオル製の服のわたしとパパラッチ用ユニホームのボーディ、そしてタトゥーをいれたエディーという三人組は、前のめりでユダヤ教の聖典タルムードやパソコンに取り組む学者さんたちの中で、ひどく場ちがいな感じだった。

エディーの友だちゴールディは、あいさつのひとつもなしに、いきなり本題にはいった。

「エディー、メールは読んだわ。で、だれを探してるって?」ゴールディはヘアバンドをおし上げ、長い受付デスクのむこうで一台のパソコン端末《たんまつ》の前にすわっている。ゴールディの話し方にはポーランド経由のブルックリンなまりらしきものがあった。その声はデリで注文を復唱するみたいに図書館中に響《ひび》きわたった。

「人を探してるのはわたしです」タオル地のビーチコートをなるべく上までひっぱり上げながらいった。黒いストッキングをはき、長袖《ながそで》のシャツというきっちりした格好のゴールディのそばにいると、なんだか半分裸《はだか》でいるみたいな気持ちになる。まあ、実際にそんなようなものなんだけど。「わたしたち、女の子を探してます。アンナ・トレンチャーっていう。いまではもう、女の子とはいえないけど」

「生きてたらの話だけどね」ボーディがつけ加えた。

ゴールディは顔色ひとつ変えずにうなずいた。「それじゃあ、まずはいちばん一般《いっぱん》的な情報源から探しましょう。ヤド・ヴァシェムよ」

「イスラエルにあるホロコースト博物館のことだよ」エディーがわたしたちのために解説してくれた。

ゴールディは、モニターからいっさい目を離《はな》さない。「ヤド・ヴァシェムには、ホロコーストの犠牲者《ぎせいしゃ》に関する世界でいちばん充実《じゅうじつ》したオンラインのデータベースがあるの」ゴールディはタイプしてはエンターキーをおし、また、タイプしてはエンターキーをおす。「うーん、アンナ・トレンチャーではなにもヒットしないわね」

わたしはデスクにおおいかぶさるように身を乗りだした。「トレンチャーのつづりが何通りかあるかもしれないんです」

「もちろんわかってる。音韻《おんいん》でのマッチングもとっくに試《ため》してみたから」ゴールディはエディーにむけて、目玉をぎょろっと動かしてみせた。まるで、「これだから素人《しろうと》は困るのよ」といってるみたいに。

「ああ、はい」わたしがそういうと、ゴールディは手を止めてわたしを見た。きっとがっかりしたみたいにきこえたんだろう。

「心配しないで。逆にいいニュースともいえるんだから。このデータベースに載《の》っているのは犠牲者《ぎせいしゃ》だけで、生存者の名前はないの。アンナ・トレンチャーの名前がないってことは、いまも生きてるってことかもしれないんだから」

「じゃあ、いいニュースってことだよね？」ボーディがたずねた。

「ええ、でも覚えておいて。ヤド・ヴァシェムのサイトでさえ、ユダヤ人犠牲者《ぎせいしゃ》のおよそ三分の二しか把握《はあく》してないの。つまり、二百万人前後の人たちが数にはいっていないってこと」

二百万人の人たちが消えてしまった。生きているのか死んでいるのかの記録さえ残さずに。

ゴールディはつづけた。「生存者を調べるいちばんの場所は……」

「……アメリカのホロコースト博物館のデータベースだね。あそこには生存者の登録簿《とうろくぼ》があるし、口述記録と生存者の証言を集めたすばらしいソースもあるんだ」エディーがぱっと顔を輝《かがや》かせた。

ゴールディは迷惑顔《めいわくがお》だ。「わかってるって。じゃましないでちょうだい！」

ボーディはエディーの脇腹《わきばら》に肘鉄《ひじてつ》を食らわした。

「バカだね」ボーディはささやく。「いいとこ見せなきゃだめだよ」

ゴールディはさらにキーボードに打ちこむ。

「いうまでもないけど、問題はアンナ・トレンチャー自身が登録しにいったかどうかなんだよね」

結局、登録していなかったことがわかったけれど、おどろくことではないのかもしれない。

がっかりして大きく息を吐《は》いていたわたしを、ゴールディが視線で制した。

「よくきいて。これはね、ワンクリックでなんでも買えるネットショッピングとはちがうんだから。なにかを発見しても、それが正確なのかどうかも疑ってかからなくちゃいけない。先週もある男の人がやってきてこういったの。『わたしは死んでるようなんだが、だれも教えてくれないんだよ』って。その人のいとこが、その人は収容所で死んだって証言してたのね。だから忘れないで。わたしたちは、いろいろな情報源を照らし合わせて、慎重《しんちょう》に検討しなくちゃいけないの」

ゴールディの背後の壁《かべ》に「飲食禁止」という張り紙がしてあった。わたしのおなかがグーッと鳴った。

「いろいろつづりを変えてみたけど、アンナ・トレンチャーの名前はどの難民機関にもでてこなかった。孤児《こじ》のリストにも」ゴールディは、端末《たんまつ》の前から本棚《ほんだな》へ、本棚《ほんだな》からファイルキャビネットへと、身軽に飛びまわった。まるで元気のいい情報の妖精《ようせい》だ。「ヨーロッパのユダヤ人児童保護機関もだめ、ホロコースト賠償請求者《ばいしょうせいきゅうしゃ》のファイルもだめ……」ゴールディはまたキーボードのところにもどった。「最後に目撃《もくげき》されたのはフランスだっていったよね」

「はい、アンナは……」

ゴールディはすでにパリのリサーチ・センター、ショアー記念館のサイトにアクセスしていた。

「見つけたよ、ほら」ゴールディはモニターをわたしたちの方にむけた。わたしちはよく見ようと、前かがみになった。

そこにはトレンチャー家全員の悲劇的な運命が、数行に要約されていた。でも、フランス語で、人の名前や日付けぐらいしかわからない。

「わたしはドイツ語とイディッシュ語しか読めないんだ」ゴールディがいった。「だれかフランス語のできる人は？」

ボーディがスマホの翻訳《ほんやく》アプリに指を伸《の》ばした。でも、わたしは手でスマホを隠《かく》した。

「それはだめだよ」

「ぼくが！」エディーが切りだした。「たぶん」遠慮《えんりょ》がちにいう。「たぶん、なんとか、少しだけなら」

「うん、それなら読んでみて」ゴールディはモニターをエディーにむけた。

「これは家族が収容所にいた期間と、移送された時期を示してるみたいだ」エディーは話しはじめた。ずうずうしさはどこにいったのやら。

「ほら、これはお父さんだね。マックスは一九〇九年にポーランドのクラクフで生まれてる。ああ、だけど、パリ近郊《きんこう》のドランシー収容所に送られてる。つまりそれまではパリに住んでたってことだね。それから、第十七護送列車でアウシュヴィッツに送られてる。奥《おく》さんのエヴァもおなじ列車だ」

ゴールディは満足げにエディーを見て、別の端末《たんまつ》のところに移動すると、また別のデータベースにアクセスした。

「エヴァとマックスはヤド・ヴァシェムのデータベースにでてくるわね。エヴァはアウシュヴィッツに到着《とうちゃく》した直後に死んでる。マックスはブーヘンヴァルトに移送されて、さらにベルガへ移送。そして、一九四五年の七月に死んでる」ゴールディはわたしたちの端末《たんまつ》にもどってきて、モニターを軽くたたいた。「これはいいニュースね」

わたしはおどろいて目をパチパチした。「このおそろしい話のどこがいいっていうんですか？」

「だって、ここまでは、あなたが話してくれたことすべてが確認《かくにん》されたから。つまり、信頼《しんらい》のおける情報だってこと。それで、もう一度、アンナのファイルを見て。見落としはない？」

アンナ・トレンチャーは一九三七年十月二十三日にパリで生まれて、一九四二年七月十七日にドランシー収容所に拘束《こうそく》された。それだけだ。

「移送の日付けがないね」エディーがいった。「アンナはその収容所の外へは送られなかったっていうことだ」

「その通り」ゴールディがいう。口元には微笑《びしょう》が浮《う》かんでいるように見える。「希望が持てるでしょ？」

「だけど、新しい情報はなんにもないよ」ボーディがぼやいた。「アンナになにがあったのかは、ぜんぜんわかんないじゃない」

「いま、何時？」ゴールディがたずねた。

エディーが腕時計《うでどけい》を見せた。「十一時四十二分！」

「まだまにあいそうね」ゴールディはそういいながら、すぐ後ろにあった小さなドアからでていった。

わたしたちはそのまま十分か十五分ぐらい待った。ボーディはエディーにむかって、何度もがんばれ！　の視線を送った。エディーはたまらず、ドアの方を不安げにひっきりなしに見た。ようやくもどってきたゴールディは、たくさんの本を抱《かか》えていて、それをカウンターの上に高く積んだ。「見つけたわよ」

「見つけた？　アンナを？　どこにいるの？」思わずそういいながら、よろこんでいいのか悲しんでいいのかわからなかった。

「はっきりってわけじゃないんだけどね」ゴールディはまたヘアバンドの位置を直して、一冊の本のページをめくりはじめた。「ショアー記念館にいる友だちに電話してみたんだ」

「もちろん」エディーはうなずいた。「パリの、だよね」

「そう。家に帰る前につかまえられてラッキーだった。とにかく、あそこはドランシー収容所についての情報もたくさん持ってるから。それで、友だちのジャンポールがアンナ・トレンチャーのファイルを見つけたってわけ。彼《かれ》がいうには、アンナはドランシー収容所から出所したんだって。申請《しんせい》書類がだされて」ゴールディはメモに目をやるために手を止めた。

「一九四二年の八月二十八日に、ナチスのハンス・ブラントっていう士官が申請《しんせい》してる」

「申請書類《しんせい》一枚で?」なんだか、歯医者の予約があるからって早退届をだすみたいだ。「それで、どこにつれていかれたんですか?」

「それはわからないの。それに、このブラントって人にたずねることもできない。一九四五年の戦犯裁判を待ってるあいだに自殺しちゃったから」

「ハンス・ブラントか」エディーはあごひげをなでている。「なんだかきいたことのあるような名前だな。もしかして……」

「そう。移送計画の責任者。あだ名でもよく知られてる。『パリの死刑執行人《しけいしっこうにん》』」

「ああ、そうだよ。いま思い出した。フランスの対独協力とヴィシー政権について書かれたベリヴォーの本の中で、重要な役割を果たしてた。あの本はおもしろかったなあ」

ゴールディの目がきらっと輝《かがや》いた。まちがいなくエディーにときめいたんだと思う。「わたしも読んだわ。おもしろかったね。ベリヴォーが好きなら、戦後について書かれたブルンナーの本も……」

「ちょっと、失礼。いま、パリの死刑執行人《しけいしっこうにん》っていった?」ボーディが口をはさんだ。「なんか、いやな響《ひび》き」

「たしかに」ゴールディはわたしたちの方にむき直った。「でも、いいニュースもあるの。

ジャンポールはここの図書館にある本についても思い出させてくれた。一九四一年におこなわれたフランス在住ユダヤ人の人口調査に基づいた六万五千人分の身分証明書を編集した本なの。これがそう」ページをパラパラめくると、つぎからつぎへと公文書っぽいカードがそえられた白黒の顔写真があらわれた。「アンナを見つける助けにはならないかもしれないけど、えっ？これ！」ゴールディは本の真ん中あたりの写真を指さした。「見つけた。これがアンナ・トレンチャー」

その写真を見たわたしたちは、いっせいに息をのんだ。おびえ、恐怖《きょうふ》にひきつった顔、顔、顔の真ん中に、無邪気《むじゃき》に笑顔《えがお》を浮《う》かべた顔があったからだ。丁寧《ていねい》にブラッシングされたおかっぱ頭、白い歯を見せた笑顔《えがお》。この少女は、写真を撮《と》られる理由など、なにひとつ知らないんだ。その笑顔《えがお》はいっている。わたしの写真を撮《と》りたいのね？　あとでアイスクリームをごちそうしてもらえる？

この女の子をパリの死刑執行人《しけいしっこうにん》の手にゆだねるなんて、考えただけでぞっとする。

「顔がわかったのはいいんだけど」ボーディがいった。「でも、役に立つ？　少しはアンナに近づけるのかな？」

「いいえ」ゴールディはぶっきらぼうにいった。「これは『以前』」それから、モニターにでたままのデータベースを指さす。「こっちが『以後』。『以後』を知るにはたいへんな労力が必要ね」

「その労力は……」わたしは期待をこめてゴールディを見た。

「あなたの仕事。もしくは、あなたがだれかを雇《やと》ってやらせる仕事。こうした調査をお金を取ってひき受けてくれる人もいるから」ゴールディはそこまでいって、がっかりしたわたしの表情に気づいたようだ。それに、寄せ集め集団のみじめなようすにも。

エディーがカウンターに肘《ひじ》をついていう。「ほかの人に、きみほどすごい仕事ができるとは思えないな」

ゴールディは照れくさそうにうなずいた。「そうね、もしかしたら、もう少しだけ手伝えるかもしれないけど。ただ、ひとつだけいっておく。ホロコーストの生存者を追いかけるのは、犠牲者《ぎせいしゃ》を追いかけるより、ずっとむずかしいの。ホロコーストを生きぬいて、戦争中に死んでしまった人たちはもっとむずかしい。戦時中の死亡記録はどこにもないから。それに、どの電話帳にも電子上のデータベースにも載《の》っていないから」

ゴールディは、すがるようなわたしたちの顔をつぎつぎに見ながらため息をつき、手元のメモにもう一度目をやった。「もうひとつ、いっておくね。ハンス・ブラントのこと。この人は、ユダヤ人を情け容赦《ようしゃ》なく効果的に狩《か》り集めた人物として知られているけど、同時に信心深いローマ・カトリック教徒でもあったの」

「そんな人が信心深いなんて、ありえない」ボーディがつぶやいた。

「わたしを信じて。モラルに関しては、ナチスの中にも大きな矛盾《むじゅん》を抱《かか》えてた人もいたの。とにかく、ブラントはユダヤ人やジプシー、反体制派の人たちなんかを大勢収容所送りにしたんだけど、担当地区の教会や修道院にはほとんど手をつけなかった。だから、もしかして……」

ゴールディはメモをペンでコツコツとたたいた。「それに、まだ洗礼証明書が残っていたら……」

「洗礼証明書？」わたしはわけがわからなくて首をふった。「それとアンナが、いったいどんな関係が……」

ゴールディはこの説に夢中になってしまったのか、ほかの本に手を伸《の》ばし、空いてる方の手で、わたしたちにむかって追い払《はら》うような仕草をした。ボーディとわたしは、すごすごとあずけていたバッグを取りに、ロッカーにむかった。

「エディーもいく？」

でも、エディーはわたしたちの声には気づきもしない。ゴールディといっしょに本におおいかぶさるようにしている。ふたりの頭はくっつきそうだ。ゴールディの横にはさらにたくさんの本が山積みになっていた。どうやら、ふたりは午後いっぱいかかりっきりになりそうだ。

17

ゴールディがアンナの謎《なぞ》を追いかけ、ライドンが捜索《そうさく》令状を手にいれようとしているあいだ、ボーディとわたしはただ待っているだけだった。つぎの日、わたしたちふたりはジャックのアトリエで絵を守りながら、朝の残りの生ぬるい紅茶をジャムの瓶《びん》からすすっていた。

わたしたちが分岐点《ぶんきてん》にさしかかっているのはまちがいない。でも、標識がどちらをさしているのかがわからない。

「ことのてんまつは……」わたしが口を開いた。

「なんだって」ボーディがさえぎる。

「いきさつを考えると……」

ボーディがあきれたように目玉をぎょろっと動かした。「かんべんしてよ。おばあちゃんのスリップを着てるからって、八十歳《さい》のおばあちゃんみたいな話し方はやめて、ふつうに話してくんないかな」

「うん、わかった」わたしはリメークしたおばあちゃんのネグリジェの前で腕《うで》を組んだ。自分ではすてきなサンドレスに仕上がったと思ってたんだけど。「つまり、これまでにわかったのは、認めるのはつらいけれど、アンナ・トレンチャーはたぶん死んでるってこと。収容所で生きぬいたとしても、パリの死刑執行人《しけいしっこうにん》の手からのがれるのは無理だったんじゃないかと思う。そして、両親が亡《な》くなっているのははっきりしてる。きっと、家族全員が死んでしまったんじゃないかな」

「そこまでは、わからないよ」ボーディはそういって考えこんだ。「どこかで、行方《ゆくえ》不明のいとこが生きてるかもしれないし」

「まあね」わたしも認めた。「だけど、ゴールディがいってたみたいに、プロを雇《やと》って調査してもらわない限り、見つけるのはむずかしいと思う」

「いえてる」ボーディがうなずく。

「ボーディがラップスターのまねみたいな話し方をやめるんなら、わたしも八十歳《さい》のおばあちゃんの話し方をやめるよ」

「ヒップホップ・アーティスト」ボーディが訂正《ていせい》した。ボーディをにらみつけると、なにもいわずにOKサインだけを返した。

「あの絵が盗《ぬす》まれたものだっていうこともわかってる」

「鑑定書《かんていしょ》なしで」

「購入履歴《こうにゅうりれき》もわかってない。だから、売ることはできない」

「それに、アンナが見つからなければ、返すこともできない」

「じゃあ、問題はなに？」わたしは紅茶のはいったジャムの瓶《びん》を握《にぎ》りしめていった。「わたしにアンナ・トレンチャーを見つけるのは無理だろうって、ジャックにはわかってたはず。だとしたら、どうして、こんなに大きな謎《なぞ》を残していったの？　どうして、このめんどうな絵をすなおにライドンに渡《わた》しちゃいけないの？」

「わかんないよ、セオ」ボーディがいった。「渡《わた》しちゃってもいいのかもね」

わたしたちは、ちゃんと行き先がわかってるのに負けを認めるのがいやで、分岐点《ぶんきてん》でぐずぐずしているようなものだ。

しばらくたって、ボーディがようやく口を開いた。「ゴールディがいってたことで、ひとつだけ気になることがあるんだよね」

「ひとつだけ？」

「わかった、わかった、たくさんあったよ。だけど、筋が通らないって感じたのはひとつだけ。

あのナチスの士官はアンナを収容所から解放するように指示したんだよね？」

「パリの死刑執行人《しけいしっこうにん》のこと？　そうだったみたいだね」

ボーディは部屋の中を歩きまわりはじめた。「そこだよ。なんでなの？　生かしておくつもりがないんなら、そのまま収容所にいれておけばいいのに」

「絵がほしかったからでしょ。アンナが持ってたんだから」

「おかしいよ」ボーディはわたしの目の前で立ち止まった。「自分で収容所にいくなり、だれか手下でもいかせるなりして、絵をひったくって、アンナを収容所の中に蹴《け》り返せばいいんだから」

ゆっくりと、わたしにもわかってきた。「なのに、わざわざ収容所からだすように指示した」

「それそれ。その死刑執行人《しけいしっこうにん》がアンナを殺したいと思ったんなら、収容所に残しておけば、自分の手は汚《よご》さないでやれる」

「じゃあ、アンナの身を守るために収容所からだしたんだって思うの？」

ボーディは考えながらゆっくり話す。「もしかしたら、そうなのかなって」

「そして、もしかしたら……」

わたしのことばは、玄関《げんかん》のドアをドンドンとはげしくたたく音でじゃまされた。握《にぎ》りこぶしでなければたたけないような、やかましくてしつこい音だ。

ボーディとわたしは、道に面した小さな窓にかけより、下を見下ろした。すると、パトカーが道ばたにとまっているのが見えた。玄関《げんかん》前の階段には、制服姿の警官が少なくとも三人立っている。そしてもうひとり、夏用のスーツを着た老人が。

その瞬間《しゅんかん》、わたしは思った。この絵にどんな過去があるにしても、こんな形で力づくで持っていかせるわけにはいかないと。ぜったいにいやだ、こんなのは。

わたしはボーディを見た。

「このまま待たせておけば、あきらめるかな？」そして、ライドンの最後のおどし文句を思い出した。「たぶん、捜査令状《そうさ》がでたんだね」

ボーディは首を横にふる。「わかんないよ。パパは警察映画に何本かでてるけど、もし、捜《そう》査《さ》令状を持ってるんなら、無理矢理にでも踏《ふ》みこむことはできるんだと思う」

わたしは、どこかいい隠《かく》し場所がないかとアトリエ中の絵を動かしはじめた。

「やつらは家のすみずみまで調べるよ」ボーディがいう。

わたしは、腕《うで》にたくさんの未完成の絵を抱《かか》えたまま動きを止めた。「そうだよね」

「家の裏はどう？　鳥小屋の中とか」

「いいかもね」わたしはもう一度窓の外を見た。「でも、階段をおりるところを見られちゃう。玄関《げんかん》ドアのガラス窓から」

「地下室は？」

「やっぱり、玄関《げんかん》前の階段をおりなきゃいけないから」

「セオ？　ねえ、セオ？　そこにいるの？　玄関《げんかん》にどなたか、お客さんみたいなんだけど」母さんの甲高《かんだか》い声が家中に響《ひび》く。

「シーッ！　母さん、静かにしてて、いまいくから」

ボーディに顔をむけていった。「隠《かく》し場所を見つけなくちゃ、そうじゃなきゃ、手遅《てお》れに……」

ライドンのくぐもった声が、玄関《げんかん》ドアを通して、家中に響《ひび》きわたった。「セオドラ、いるのはわかってるんだぞ。捜査《そうさ》令状を持ってきたから、ドアをあけないのなら、ここにいる警官たちにドアをこじあけさせることもできるんだ。いい子だから、観念しなさい」

「もう、手遅《てお》れみたい」わたしはいった。

ボーディは額にしわを寄せている。「この古い家には、どこか秘密の部屋とか、秘密の抜《ぬ》け道とかないの？」

わたしの頭の中で、うすぼんやりと三十ワットの電灯が点滅《てんめつ》した。

「うまくいかないかもしれないけど」わたしはつぶやいた。「あの人はいま、お店にいるはず。家に帰ってくる前に取り返すことができたら……」わたしは絵をボーディにおしつけて、階段の方にむかった。肩《かた》ごしにふり返っていう。「階段の上で待ってて。母さんと話があるから」

母さんはバスローブ姿のまま、二階の階段の踊《おど》り場《ば》でそわそわしていた。

「ねえ、セオ。お迎《むか》えしなくていいの？」母さんは心配そうだ。「なんだか、イライラしてるみたいよ」

「ねえ母さん、わたしの目を見て」しばらくもじもじした末に、母さんはようやくわたしの肩《かた》のあたりに目を留めた。まあ、それで十分だ。「ねえ母さん、とても大事なことをお願いしたいの。下にいるのはランドルフさんとお友だちなんだけど、わたしに会いにきたんだ。だけど、まだ準備ができてないから、みなさんにお茶を用意してあげてほしいの」

「お茶を？」母さんはパチパチとまばたきする。「どうして、わたしが？」

「だって、わたしはみなさんに会うための準備をしなくちゃいけないから。それに、ちゃんとしたお茶をだせる人は、母さん以外に知らないもの」

しばらくとまどっていたけれど、母さんは誇《ほこ》らしげにいった。「ランドルフさんとお友だちなのね？　どんなお友だちなの？」

「おまわりさんだよ」

母さんは背筋をしゃんと伸《の》ばした。「あら、それならかんたんね。強くて元気のでるお茶がいいわ。ラプサン・スーチョンにしましょう。うまくできると思うわ」母さんはバスローブをぎゅっと体にひき寄せた。「あとは、お湯ね。ヤカンは……」

「コンロの上よ」

「ラプサン・スーチョンは……」

「窓のそばの黄色い缶《かん》の中」わたしは母さんを階段の方におしながらいった。「そうだ！あの人たちは、すごく興味を持ってるみたいだよ。母さんが取り組んでる、ほら、あの……」

「フェルマーの最終定理？」

「そう、それ！　あの人たちはその話をききたくてきたんだよ」

母さんは婚約者《こんやくしゃ》を出迎《でむか》える少女のような足取りで階段をおりていった。わたしはボーディに手をふって合図して、絵を持って二階におりてきてもらった。そして、ジャックが使っていた寝室《しんしつ》にひっぱりこむ。ドアをしめるちょうどそのとき、母さんがライドンと愉快《ゆかい》な仲間たちにあいさつする声がきこえてきた。

ジャックのにおいは薄《うす》れてしまっていたけれど、その瞬間《しゅんかん》には圧倒《あっとう》されるぐらいに強く感じた。絵の具のにおい、テレピン油のにおい、ジャックがつけていた香水《こうすい》〈オールド・スパイス〉のにおい、それに、毎週土曜日の夜に一本だけ吸っていたタバコのにおい。家具はジャックが死んだときのままで、豪華《ごうか》なビクトリア朝のベッドルーム・セットのベッドの上に、質素なアーミーブランケットがかかっている。そのときになってはじめて、そのブランケットが戦争から持ち帰ったただひとつの品物だったことに気づいた。

「お母さんは、どれぐらいの時間、ひき留めてくれるかな？」ボーディがきいた。

「この部屋からはじめるってことはないと思う。まずは一階をひっかきまわして、そのあとはまっすぐアトリエにいくんじゃないかな。五分あれば十分なんだけど」

「だけど、どっちみち、この部屋にもくるよ」

「うん。だけど、ここは探さないと思うんだ」わたしはそういいながら、おおげさな身ぶりで、ジャックの寝室《しんしつ》にどっしりと置かれた重そうな箪笥《たんす》を示した。

「その中だって探すに決まってるよ」ボーディはあきれたように首を横にふる。「なに考えてんの？」

「でも、この中は探さない」そういって、箪笥《たんす》の横に背を当てた。「よくきいて。その絵をおろして、箪笥《たんす》の反対側をつかんで。そして、できるだけ音を立てないように、この箪笥《たんす》を動かすのを手伝って」

その箪笥《たんす》は、家の中のほかのいちばん重い家具と比べても二倍以上の重さがあったけれど、なんとか、数センチずつ動かすことができた。わたしたちのうめき声や、床《ゆか》がきしむ音が、一階での混乱した会話にまぎれてきこえないことを祈《いの》った。予測した通り、母さんのこんがらがった思考と、警官たちの前では騎士道《きしどう》にのっとった姿を見せたいというライドンの見栄《みえ》がからみあって、わたしたちに必要なだけの時間は稼《かせ》げた。

とうとう、大箪笥《おおだんす》が横にずれて、スピニー通り二十番地のマダム・デュモンの家、つまり、短いあいだだったけれど、テンペニー家の最初のおばあさんが住んでいた家に直接通じているドアが姿をあらわした。

わたしは心の中で、マダム・デュモンがほんとうにお店にいることを祈《いの》りながら、ドアノブを回し、肩《かた》でドアをおしあけた。ドアは思ったよりもかんたんにあいて、わたしはとなりの家の床《ゆか》にころげでてしまった。

マダム・デュモンはいなかった。わたしのまわりは真っ暗で、防虫剤《ぼうちゅうざい》のにおいがただよう服やビニールのジャングルだった。結局、ジャックはマダム・デュモンのことを心配する必要なんかなかったんだ。マダム・デュモンか、それ以前の住人が、ドアの前にクローゼットを作りつけていたんだから。

「だいじょうぶ？」ボーディがたずねた。ジャックの部屋の明かりを背景に、シルエットだけが見える。

わたしはなにか糸くずのようなものを払《はら》い落としながら答えた。「うん、だいじょうぶ。絵を渡《わた》して」

ボーディは暗いクローゼットに一歩踏《ふ》みこんで、わたしの腕《うで》に絵を渡《わた》した。「いそいだほうがいいみたい。あいつら、アトリエにむかったところ」

わたしは絵をクローゼットの床《ゆか》に置くと、ジャックの部屋にもどった。わたしたちはすぐに、大箪笥《おおだんす》を元々《もともと》あった位置に動かしはじめた。

ライドンと警官たちが家中探し終えたときには、ボーディとわたしは、母さんといっしょに居間にすわって、ラプサン・スーチョンを飲んでいた。母さんはだれだかさんの最終定理について熱心に語っていた。

「なにか、いいもんめっけた？」シャツの袖《そで》で額の汗《あせ》をぬぐいながら居間にもどってきた男たちにむかって、ボーディはにこやかに話しかけた。

ライドンの疲《つか》れ切った顔を見ていると、「でしゃばりのガキどもめ」といつも文句ばっかりいっているアニメのキャラクターを思い出した。

「上の階からきこえてきた、いかにもあやしげな物音にもかかわらず、なにも見つからなかったよ」ライドンはネクタイをゆるめた。「お嬢《じょう》さん方、わたしたちにいっておくことはないのかな？」

「いいえ、ぜんぜん」わたしは紅茶をすすった。

ライドンは暑そうでうんざり顔の警官たちに顔をむけた。「この子たちが持ってるのはまちがいないんだ。この家のどこかに。壁《かべ》の中とか、隠《かく》し扉《とびら》のむこうに。壁《かべ》をこじあける道具を取ってこよう。もしくは、空洞《くうどう》の場所を探す検知器か。それとも……」

警官たちは目配せをしあっている。それは、この仕事でそんな道具を持ってくるのはおかどちがいだといっているようだった。警官の中の、いちばん年長らしき人が口を開いた。「そのためには、また別の種類の捜査《そうさ》令状が必要になるんですがね」

「なんだって？　なぜなんだ？　わたしの親しい友人のハロルド・グリーンバウム判事は書類は全部そろってるといってたぞ」

「ランドルフさん、その話は外でしませんか？」

ライドンは肩《かた》をいからせていった。「いいだろう、そうしよう」

母さんは、ライドンと警官たちがでていくのを見ながら首を横にふっている。「あの人たち、代数の理論のこと、なんにもわかってないのよ」母さんはそういうとのろのろと自分の部屋にひっこんだ。

母さんの姿が消えると、ボーディはすぐにわたしの顔を見た。目はぎらぎらと輝《かがや》いている。

「二階にいこう、いそいで！」

わたしたちは玄関《げんかん》のドアの前をつま先立ちでそっと通り、二階に上がった。ライドンと警官たちは議論に熱中していて、わたしたちには気づきもしない。

「この建物には避難《ひなん》ばしごはある？」ボーディがたずねた。

「もちろん。でも、裏庭にでるだけだよ。それに、庭から外にでる道もないし」

「ジャックのアトリエから、避難《ひなん》ばしごで屋上にはのぼれない？」

「できるかも。でも、絵を抱《かか》えては無理だな」

「じゃあ、わたしがのぼるから手渡《てわた》して。屋上伝いにわたしんちまでいって、ボディーガードに二十ドルわたして、パパとママにはいわないように口止めするの。うーん、五十ドルは必要かな。でも、それでわたしんちの避難《ひなん》ばしごで家にはいればいい。ゴッドファーザーⅡのロバート・デ・ニーロみたいにね」

「屋上にボディーガードがいるの？」

「それは、どうでもいいから集中して」そういうと、ボーディはわたしの頭をコツコツたたいた。「もう一回、箪笥《たんす》を動かさなきゃ」

なぜだか、箪笥《たんす》はさっきよりも重く感じた。数センチ動かすのにひと苦労だ。床《ゆか》をひきずる音は警官たちの耳に届いて、それがジャックの部屋からきこえてくることにも気づいてしまうだろう。

一秒もむだにしないで、わたしはもう一度、連絡《れんらく》ドアのむこうに飛びこんだ。ところが、今回はクローゼットの中は明るかった。そして、クローゼットの床《ゆか》には、忘れたカーディガンを取りにもどっていたマダム・デュモンがすわりこんでいた。

マダム・デュモンは、わたしの絵を両腕《りょううで》で抱《だ》きしめて、さめざめと涙《なみだ》を流していた。

18

そう。アンナ・トレンチャーとは、つまり、わが家のおとなりさん、マダム・デュモンだった。その瞬間《しゅんかん》まで、考えたこともなかったけれど。それに、ジャックだって一度も考えたことはなかったはずだ。

思い返してみれば、ジャックがなんとしても助けたいと思っていた女の子が、手の届くところに隠《かく》れていたなんて、不思議な話だ。マダム・デュモンは庭のフェンスのむこう側、あの箪《たん》笥《す》でふさがれた連絡《れんらく》通路の後ろ、そして、とりすました、とっつきにくい姿の女の人の内側にいたせいで、ジャックにとっては遠い存在だった。でも、ふたりはどちらも戦争を生きぬいた似た者どうしだ。ふたりとも不信感という檻《おり》から抜《ぬ》けだせず、自分の運命や自由を、自分以外のだれの手にも渡《わた》さないと心に誓《ちか》っていた。

アンナがおじいちゃんの家のとなりにたどりついたのは、自然の成り行きだったんだろうか？　運命？　ありえないような偶然《ぐうぜん》？　いや、そうではなかったことは、あとになってわかったんだけど。

となりの家は、ただの貸家じゃなかったようだ。さまざまな難民リストを使って、およそ十年ほどアンナ・トレンチャーを探しつづけた末に、ジャックはヨーロッパの救援《きゅうえん》組織にある申し出をした。スピニー通り二十番地の家を、戦争難民の落ち着き先として、無料で提供するという申し出だ。ただし、条件があって、対象は十六歳《さい》から二十四歳《さい》までの女の子であること。その当時、アンナ・トレンチャーがふくまれる可能性のある年齢《ねんれい》だ。この条件をきいて、なにやらうさんくさいぞ、という表情をされたジャックは、となりの家には決して足を踏《ふ》みいれないし、声をかけることもしないと約束した。連絡《れんらく》を取るのは救援《きゅうえん》組織の女性担当者を通してだけで、その担当者には対象の女の子ひとりひとりにアンナ・トレンチャーを知らないか、もしくは、アンナ・トレンチャー本人ではないかという質問をしてもらった。

この計画はうまくいったといっていい。だって、アンナ・トレンチャー本人が、一九六〇年代のはじめに、戦争で破壊《はかい》されたフランスで孤児《こじ》になった女の子として、スピニー通り二十番地にやってきたのだから。

いまでは、すっかりアンヌ・マリー・デュモンとなったマダム・デュモンには、自分がアンナ・トレンチャーだった記憶《きおく》はまったくなかった。あの絵を目にする瞬間《しゅんかん》までは。

「あの絵は、スーツケースにはいってました」ゆっくりと記憶《きおく》を取りもどしたマダム・デュモンは、フランスなまりでささやいた。その声で、わたしたちは花柄《はながら》の寝具《しんぐ》に囲まれた寝室《しんしつ》から、アンナの悲しい過去へとひきずりこまれた。

「わたしたちは、ひと家族にひとつのスーツケースだけしか許してもらえなかった。お父さまはわたしに、わたしとおなじくらい大きなスーツケースをくれました。お父さまは、なんていうんでしょう、スーツケースの内貼《うちば》り？　をひっぱりだして、内側にこの絵を縫《ぬ》いつけました。そしてお母さまが、絵を守るように、まわりじゅうに服をつめこんだ。『男の人がおまえを迎《むか》えにくるからね』お父さまはいいました。『襟《えり》に稲妻《いなずま》の模様のついた軍服を着た男の人だよ。その人に、このスーツケースを渡《わた》すんだ。そうしたら、その人は、おまえをここから外へつれだしてくれるから』

わたしたちがいたのは収容所だった。人がいっぱいで、とてもいやらしいところ。とても人間のいる場所じゃない。そもそも、あの人たちはわたしたちを人間扱《あつか》いしていなかった。だからきっと、あの人たちの目には、ちょうどいい場所に見えてたんでしょう。そこにいく前に、わたしたちが暮らしていたのはとても大きなお屋敷《やしき》で、すてきなものがたくさんあった。いまでも目に浮《う》かびます。たくさんの本、銀の燭台《しょくだい》、それにどの壁《かべ》にも絵がいっぱい。もちろん、おもちゃも、たくさんたくさん」マダム・デュモンは思い出して、ため息をついた。「なのに、わたしたちは小さな部屋に二十人もおしこまれて、たったひとつだけ許されたスーツケースの中身だけで生きなくてはいけなかった。ちゃんとしたトイレもなければお風呂《ふろ》もない。みんなシラミにたかられて、廊下《ろうか》も階段も人の排泄物《はいせつぶつ》でいっぱいで……」

マダム・デュモンは首を横にふった。「ああ、それでも、できるならあのときで時間を止めて、ずっとそこで生きつづけたかった。だって、そこにはお母さまもお父さまもいたんですから。

あの人たちは、母さんたちや父さんたちをつれていってしまった。子どもたちだけをあとに残して。そんなの、想像できますか？」マダム・デュモンはまずわたしを、それから、わたしのかげにかくれていたボーディを見た。

「あなたたちより幼い子どもたちが、もっと小さな何百人もの子どもたちのめんどうを見てました。

大きな子たちは、つぎの列車でわたしたちもいくんだといってました。わたしたちは、毎日毎日、知らせがくるのを待っていました。そしてある日、わたしの名前が呼ばれました。わたし、ひとりだけの名前が。そこには、お父さまがいっていた通りの軍服を着た男の人がいました。その人は、わたしを別の収容所につれていくといいました。その人は、歯並びのいい真っ白の歯で何度もわたしに微笑《ほほえ》みかけました。ぼろを着たわたしのとなりにいるその人は、なんていうか、黄金のように輝《かがや》いて見えた。その人は何枚かの紙にサインをすると、わたしの肩《かた》に手を置いて、正面のゲートからわたしを外につれだしました。車のところにいくと、その人はわたしの手からスーツケースを取って、わたしを抱《だ》き上げると車のトランクに隠《かく》して、上から毛布をかけました。

車はデコボコの道を、長い長いあいだ走りました。その人がトランクをあけたとき、まわりは真っ暗でした。わたしたちは、人里離《はな》れた建物のゲートの内側にいました。その建物が修道院だということはあとで教わりました。わたしはそれまで、修道院の中にはいったことはありません。あの男の人が何枚かの紙を尼《あま》さんに渡《わた》すと、尼《あま》さんは男の人にむかってなにか祈《いの》りのことばのようなものをとなえました。男の人は、くるっと背をむけて車に乗りこみました。わたしの方をふりむくことはありませんでした。

そのときから、わたしはアンヌ・デュモンになりました。にせの紙に書かれていた名前です。わたしはそこで修道女として暮らしました。十八歳《さい》になるまで」

「だけど、どうして、アンヌ・マリー？」わたしが口をはさんだ。

「洗礼名です。初聖体の日をむかえたとき、わたしは洗礼を受けました。そうでもしないと、ほかの女の子たちに、わたしは『ちがう』んだと思われてしまうから」

ああ、ゴールディが考えていた通りだったんだ。

マダム・デュモンは、涙《なみだ》にぬれた遠い目で、わたしをまっすぐに見つめた。「わたしは、自分の名前を覚えていませんでした。それに、あの人たち……わたしの両親の名前も」

わたしはおずおずと一歩前に踏《ふ》みだし、迷子の子犬に近づくようにひざまずいた。

「マックス」わたしはそっといった。「マックス・トレンチャー、それがお父さんの名前です」

わたしはそこでやめておいた。マックスとジャックの友情の物語は、あとでゆっくり話せばいい。

「トレンチャー」マダム・デュモンは小首をかしげながら、わたしの発音をまねした。「アンヌ……アンナ・トレンシャー」今度はフランス語風にくり返した。そして、ゆっくりうなずいた。「そうです。そうです。いま思い出しました」

「で、その絵のことも思い出した?」わたしの後ろから、ボーディが遠慮《えんりょ》がちにささやくようにいった。

マダム・デュモンは胸に抱《かか》えていた絵を、両手を伸《の》ばしてしみじみと見た。

「収容所にいるとき、どこにいくときにもあのスーツケースをはなしませんでした。ほかの子たちにからかわれたり、食べ物を隠《かく》してるんだろうと責められたりしました。中には金を隠《かく》してるんだろうという子までいた。あるとき、男の子たちに奪《うば》い取られて、無理矢理こじあけられそうになったことがありました。でも、カギはじょうぶでした。とても高価なスーツケースだったから。カギはダイアル式で、三つの数字の組み合わせです。三一〇でした。わたしの誕生日が十月三日だから」マダム・デュモンは微笑《ほほえ》んだ。「あの年の夏は暑かった。今年みたいに。二十人もつめこまれた部屋では、とても眠《ねむ》れない。それでわたしは、毎朝日の出前に起きだして、窓のそばにいった。わたしはスーツケースをあけて、糸？　ちがう、縫《ぬ》い目《め》ね、それをひっぱって、内貼《うちば》りの中にある絵に夜明けの光が当たるようにした」

マダム・デュモンは指先で、絵の表面をそっとなでた。「この顔はお母さまの顔になった。恥《は》ずかしいけれど、わたしはじきにお母さまの顔がどんなだったか忘れてしまったから。だかだから、この顔がお母さま。この人はわたしを見つめてる。いまもそう。心配そうに、苦しそうに。痛いほどの愛にあふれてる。だれかがわたしのことを悲しんでくれていると思うと、不思議と心が休まった」

「悲しんでる？」わたしはたずねた。

「もちろん」マダム・デュモンはわたしを見た。「だって、わたしもすぐに死ぬんだから。お父さま、お母さまのように。この絵の中の赤ちゃんのように」

19

マダム・デュモンは正しかった。ラファエロの子、母親のひざの上のやつれた赤《あか》ん坊《ぼう》は眠《ねむ》っているんじゃない。死んでいるんだ。

赤《あか》ん坊《ぼう》の死という事実は、ずっと絵の表面にあった。正確にいえば卵の下に。お茶を飲んで落ち着いたマダム・デュモンとマダム・デュモンが心から愛する絵を残して、わたしは自分の家にもどった。そして、セーター製のバッグの底から、セシリー牧師のメモをひっぱりだした。セシリー牧師は正しかった。あの詩にはすべてが書かれていた。

この赤《あか》ん坊《ぼう》は、ラファエロが愛した「パン屋」、ラ・フォルナリーナが産んだ「パンの命」そのものだった。けれども、赤《あか》ん坊《ぼう》の魂《たましい》は「熟せど、熟せず」つまり、成長する前に天国に昇《のぼ》ってしまった。そして、息子《むすこ》を持つという経験は、ほしいものはなんでも持っていたように見えるラファエロにとっても、心をなぐさめてくれるかけがえのないことだったんだろう。

あれはただの詩じゃなかった。あの絵のメッセージは画面のすみずみにまで満ちていた。遠くに見える嵐《あらし》の雲、青白い幼子イエス。ボーディでさえ、最初にわたしたちが考えた解釈《かいしゃく》がおかしいと感づいていた。そう、あのハトだ。ハトは天国から舞《ま》い降りてはいなかった。昇《のぼ》っていた。この世から旅立って、遠くへいこうとしていた。

そもそも、手がかりや図像学の知識なんか必要じゃなかった。あの絵は、ラ・フォルナリーナの痛みと悲しみにおおわれている。どうして、それに気づかなかったんだろう？　たぶん、わたしがよく見るお母さん方の心配顔といったら、子どものパイナップルアレルギーや、子どもをあずける保育園が見つからないことにむけられるようなものだからだろう。わたしの母さんに関していえば、数学の理論や減っていく紅茶に対する心配ばかりだし。

けれども、十六世紀の人たちは、あの絵を見れば、母親の悲しみの原因がなんなのかはわかっていた。そして、アンナもそうだった。

悲しみはラファエロをも変えたんだと思う。それまでは、自分の家族のことが世間に知られないようにと、なんとか隠《かく》していたけれど、赤《あか》ん坊《ぼう》が死んだあとは、自分の子どもを秘密のままお墓に葬《ほうむ》るのがいやになったんだと思う。病に苦しむ子どもを見ているうちに、ラファエロは息子《むすこ》と自分の家族を、一枚のリアルで理想化されていない絵を通して、永遠に残したくなったんだろう。依頼主《いらいぬし》の好みに合わせた絵ではなく、ありのままに描《えが》いた絵の中に。

少なくとも、ラファエロはそうしたいと思ったはずだ。でも、ラファエロ本人が死ぬと、ラファエロの工房《こうぼう》の弟子《でし》たちがすぐさま行動を起こした。まずは、マルゲリータ・ルーティを修道院に送り、ラファエロが残した絵から、ラファエロとラ・フォルナリーナが結婚《けっこん》した証拠《しょうこ》のすべてを消し去る作業に取りかかった。師と自分たち自身の評判を保つためだ。

あの家族を描《えが》いた肖像画《しょうぞうが》は、工房《こうぼう》にとってとりわけむずかしい仕事だっただろう。だって、自分たちの師匠《ししょう》の自画像を、一本のしおれた木でおおい隠《かく》さなければならなかったんだから。たくらみはうまくいった。ラファエロは若くして死んだので、売れずに残っていた絵はそんなになかったからだ。ラファエロの評判は守られ、残された絵の希少価値は上がり、ヨーロッパ中がラファエロの絵を手にいれようと夢中になった。ラファエロの絵の価値はひたすら上がりつづけた。ラファエロの弟子《でし》たちもそれぞれ絵描《えか》きとして成功していった。そして、若い未亡人は生涯《しょうがい》をローマの女子修道院ですごした。自分の秘密を修道院の壁《かべ》に守られた、もうひとりの女の子とおなじように。

結局、あの絵には値段などつけられなかった。

文字どおりの意味で。さまざまなテストがおこなわれ、鑑定《かんてい》もされ、専門家の意見も得られた。その上、忘れてはいけないのは、この世紀の発見がふたりの十三歳《さい》の女の子によってなされたものであったにもかかわらず、この絵に値段をつけようとする人はだれひとりいなかった。

あの絵は、オークションの場にひっぱりだされることはなかった。自分の子ども時代の最後の記憶《きおく》を取りもどしたマダム・デュモンは、あの絵を手放そうとはしなかった。マダム・デュモンは、新しく解き放った精一杯《せいいっぱい》の寛大《かんだい》さを示して、その年の秋の、あるさわやかな日曜の午後に、自分の店で鑑賞《かんしょう》パーティまで開いたほどだ。わたしとボーディは招待客のリスト作りをまかされた。リストには、今回の謎解《なぞと》きを助けてくれたすべての人がふくまれた。カツァナキスさんはケータリングを申し出てくれた。

「全部わたしがいけなかったんだよね」ボーディは片手にインド式のチャイがはいったカップを持ち、もう片方の手で、シャツについたスパナコピタというギリシャ式パイのクズを払《はら》いながらいった。

「なにがいけなかったっていうの？」わたしはいった。「ドルマばっかり食べてること以外に」

「メトロポリタン美術館のデンドゥール神殿《しんでん》で願い事をしたのは覚えてるでしょ？」ボーディはギリシャ料理のドルマがのった皿が近くを通りすぎるときに、さっと取りながらいった。

「わたしはね、あのとき、あの絵が値段がつけられないほどのものであればいいって願ったんだ。で、それがかなっちゃったってわけ。だって、あの絵にいくらの値がつくのかはだれにもわからないんだから」

マダム・デュモンのクローゼットがきっかけになった発見のあと、わたしたちは、ゴールディにいろいろと手伝ってもらった。ゴールディはマダム・デュモンをホロコーストの権利回復を専門とする弁護士に取り次いでくれた。その弁護士は、あの絵をなるべく早くオークションハウスに持っていって、鑑定《かんてい》、評価をしてもらうべきだと指摘《してき》した。そして、オークションハウスで働く知り合いを紹介《しょうかい》してくれた。なんとその人は、カドワラダーのオーガスタス・ガービーだった。セシリー牧師の友だちで、ジェンマのボスの。ガス、つまりオーガスタスはすごくいい人だった。ブロンクスの反対側の郊外《こうがい》で育って成功した人だ。わたしたちは、すぐに打ち解けた。

「ボーディのせいじゃないよ」ガスがハーブティーをふうふう吹《ふ》きながら説明してくれた。「どっちみち、この絵は売れなかったんじゃないかと思うよ。ただ単に、気運が盛り上がるってだけじゃないタイミングってものがあるんだ。ほかに買う気のある人がいるのかどうかもわからないのに、単独で何百万ドルも投げだしたいって人がどれぐらいいると思う？　いないさ」ガスは考えこんだ。「これほどの大発見を正式にラファエロのものだと認めるには、科学的な証拠《しょうこ》が足りないんだと思うな」

その絵は、レジの奥《おく》の壁《かべ》に飾《かざ》られている。これまで以上に物悲しく見える。だけど、ここに集まっている人たちは、この絵をほめたたえるためにやってきたんだ。

セシリー牧師はすわりこんで、娘《むすめ》さんにつれてこられたモーからいろいろな話をひきだしている。モーの娘《むすめ》さんの息子《むすこ》さんと、その双子《ふたご》の子どもたちは、ケーキが置かれたテーブルの脇《わき》にすわって、ひいおじいちゃんの話をききながら、ケーキに目を光らせている。

ボーディの両親もいる。お父さんは求めに応じてサインをしているし、お母さんの方は、部屋のすみでわたしの母さんにつかまっている。母さんには、なんとかなだめすかしてドレスを着せて、家の外へつれだすことができた。ふたりはおたがいの天才的な娘《むすめ》たちの話で盛り上がっているんだと思いたいところだけど、ボーディのお母さん、ジェシカ・ブレークは、いつか変わり者の世捨て人を演じるときに備えて研究をしているにちがいない。

サンジブさんは、カドワラダーの研究室の技術者を部屋のすみで問いつめるのと、ボウルにトースティ・ナッツを補充《ほじゅう》するのを交互《こうご》におこなっている。

ゴールディとエディーは少し離《はな》れたテーブルを見つけて、古文書の保管やデータベースの運営について、なにやら楽しそうにささやきあっている。

そこにはライドンまでいた。将来、値段のつかなかったラファエロの作品を寄付してもらおうと、マダム・デュモンに猛《もう》アタックしている。

「あたま、おかしいんじゃないの？」ボーディがライドンを招待しようといったとき、わたしはそう答えた。

「なにいってんの。あの人があんたんちにこなかったら、あの絵をマダム・デュモンのクローゼットに隠《かく》すこともなかったし、謎《なぞ》も解けなかったんだよ」ボーディは痛いところを突《つ》いてきた。「それに、あいつに見せびらかしてやれるんだよ」ボーディはつづけた。

ドルマのおかわりをもらおうとしたり、トイレにいこうとするたびに、だれかにつかまって、声をかけられたり、背中をたたかれたりした。「信じられない！」といわれることも。わたしはボーディの両親とミスター・Kの両方からディナーの招待を受けていた。それにグレース教会の食糧庫《しょくりょうこ》へ遠慮《えんりょ》なしに食べもの探しにいってもいいという申し出も。その上、信じられないことに、放課後のアルバイトのオファーまでもらった。

実際には、児童労働法っていうものがあるから、無給のインターンなんだけど。ただし、交通費はもらえる。かなりの距離《きょり》だけどカドワラダーまで歩いて通えば、そのたびに二十ドルがポケットにはいってくる。そう、カドワラダーでのインターンなんだ。ガスはわたしに、週に三日、放課後にアシスタントとして働いてくれといってくれた。わたしはすぐさま承諾《しょうだく》した。

ニューヨークの街を、一日中だれともことばを交《か》わさずに歩きつづけていたのが、はるかむかしのことのように思える。ジャックとわたしのふたりで、独立独歩という小さな砦《とりで》を築き上げて、まわりの人を遠ざけ、ガラクタをあさっていたのが、はるかむかしのことのように思える。でも、ジャックが死んで、この街は変わった。いや、変わったのはわたしだ。いまでは、外にでてもわたしの目に見えるのはガラクタではなく、たくさんの可能性だ。

ボーディは正しかった。謎《なぞ》はいつだって、わたしが考えているよりもずっと大きい。どうにかこうにか、わたしはこの街の一部になった。そして、この街はわたしの一部になった。

感謝祭

十一月を迎《むか》えて、わたしには感謝することが山ほどあった。

暑すぎた夏のせいで、庭の畑の収穫《しゅうかく》はとても少なかったけれど、セシリー牧師の申し出を受けて、教会の食糧庫《しょくりょうこ》を利用させてもらうことにした。おかげでビーツのピクルスにそえて、箱入りのマカロニ・チーズや、ツナ缶《かん》をたっぷり食べることができた。

ほかにもいいことがあった。マダム・デュモンが、母さんのこれまでの、そしてこれからのお茶代をすべて免除《めんじょ》してくれた。母さんは寒い秋の日にもたっぷりの熱いお茶が飲めると大喜びだ。

ボーディとはつきあいがつづいている。パパラッチがたむろしているのにも慣れっこになってしまった。どっちみち、私立中学に編入したボーディが、以前のユニホームと変わりばえしない制服を毎日着ていることに気づいてしまったし。わたしについていえば、屋根裏の古着を秋用の服にリメイクしはじめた。中には、はやりのレザーオーバーオール風のものまである。

それから、カドワラダーでのインターンシップがある。ガスのオフィスに踏《ふ》みこむたび、新しい美術史のミステリーが待ちかまえていて、楽しくてしかたない。

けれども、わたしの収入は交通費だけだ。そのせいで、暖房《だんぼう》は止められていて、感謝祭のごちそうは、教会の食糧庫《しょくりょうこ》からもらってきたお米と豆、缶詰類《かんづめるい》ばかりだった。

はやめのささやかなディナーがすむと、母さんは自分の部屋へ、わたしはジャックのアトリエへひき上げた。夏のそよ風はとっくにすぎ去って、いまでは冷たい風が窓をガタガタゆらしている。それでも、沈《しず》む前の太陽の光が差しこんでくるので、温室効果のせいか、アトリエは明るくて暖かかった。

わたしは床《ゆか》に腹ばいになって猫《ねこ》のように大きく伸《の》びをしながら、床《ゆか》の上を動いていく光の帯を追いかけた。目の前には開いた本がある。ロンドンのオフィスに持ちこまれたフランドル様式の静物画のオークションの準備のために、ガスから勧《すす》められた本だ。華麗《かれい》な細部の描写《びょうしゃ》にどっぷり浸《ひた》っていると、太陽の最後の光が消えてしまい、とつぜん光あふれるアトリエから、冷え冷えとした隙間風《すきまかぜ》のはいる屋根裏部屋に変わってしまった。

寒さに震《ふる》えながら、ふと暖炉《だんろ》を見上げて、火をおこせばいいんじゃないかと考えた。正直いって、ジャックが暖炉《だんろ》で火をたいているところは一度も見たことがない。きっと、煙突《えんとつ》はレンガでふさがれているんだろうと思っていた。さもなければ、絵の具だらけのただでさえ燃えやすい部屋で火をおこす気にはなれなかったのかもしれない。わたしはキルトにくるまったまま体を起こし、ずるずると暖炉《だんろ》に近寄り、じっくりと観察してみた。おどろいたことに、大理石の暖炉《だんろ》のてっぺんと、炉棚《ろだな》とのあいだに、幅《はば》三ミリほどの隙間《すきま》があいていた。

さらによく見ると、暖炉《だんろ》のてっぺんの部分が材木で五センチほどかさ上げされている。夏の間中探しまわっていたのに、ちっとも気づかなかった。その材木は、きれいにみがかれ、大理石とほとんど見分けがつかないほど丹念《たんねん》に彩色《さいしょく》されていた。隙間《すきま》にそって指を走らせ、爪《つめ》の先を炉棚《ろだな》の下にさしこんだ。すると、その材木はかすかに動いた。

窓をゆらす風の音をききながら、とつぜん、炉棚《ろだな》そのものも動かせることに気づいた。今年の夏の暑さと湿気《しっけ》で木材は膨張《ぼうちょう》して、大理石を圧迫《あっぱく》したにちがいない。そして、アトリエが寒さと乾《かわ》いた空気に満たされたいま、木材は縮んで、まるで開かれるのを待っていたかのように隙間《すきま》が姿をあらわしたんだろう。

わたしはおばあちゃんの鉢《はち》をアデレードの卵ごとそっとどかして、床《ゆか》の本のとなりに置いた。炉棚《ろだな》は重かったけれど、どこをつかめばいいかわかったいま、あきれるほどかんたんに持ち上げられた。それも床《ゆか》に置く。それから、大理石の炉棚《ろだな》を上からのぞきこむ。

そここそが、卵の下だった。ジャックが約束した通りの。

そこは深さ十センチほどのひきだしのようになっていて、百ドル札の束が、缶詰《かんづめ》のオイルサーディンのようにぎっしりつまっていた。わたしは輪ゴムで留められた百ドル札を数えはじめた。千ドル、一万ドル、二万、三万、十万ドル！　そして、黄色い封筒《ふうとう》もでてきた。その封筒《ふうとう》には流れるような万年筆の文字で、「アンジェリカ」と書かれていた。でも、その名前はボールペンの線で消されていて、その上に「セオ」と書かれていた。

もちろんそれは、ジャックからの手紙だった。

愛する者へ

この手紙を見つけたということは、わたしはもうこの世にはいないということだ。手紙といっしょに、お金も見つけたことだろう。

わたしがおまえに残せるのは、このお金とこの家だけだ。お金を減らすことなく、ほんのわずかずつでも増やすために、わたしは一生懸命《けんめい》働いた。おまえも、おなじように一生懸命《けんめい》働いて、お金を減らすことなく、わずかずつでも増やす努力をしてくれれば、いつまでも安心して暮らしていけるだろう。

家とお金をゆずるにあたって、ひとつだけ条件がある。この手紙を書いているいま、わたしは三十年間、過《あやま》ちを正そうとがんばってきた。（この三十年という個所は、ボールペンで線をひいて『六十年』に訂正《ていせい》されていた）わたしに実現できなかったときには、おまえにひき継《つ》いでもらいたい。

その前に、背景を知らせておこう。

多くの男たちとおなじように、わたしも戦時中ヨーロッパへいった。不幸にも、そこで捕虜《ほりょ》としてとらえられ、ベルガ収容所というナチの強制労働収容所に送られた。ただ、わたしは運がよかった。厨房《ちゅうぼう》での仕事を割り当てられたからだ。ほかの仲間たちはとても人間が働くような場所ではない劣悪《れつあく》な環境《かんきょう》の鉱山で、毎日のように、ひとり、ふたりと倒《たお》れていったのだから。あれは、わたしが思うに、戦争から得られるいちばんの教訓だった。生と死の境目は、完全な気まぐれに支配される。

ベルガ収容所で、わたしはマックス・トレンチャーという男と出会った。パリで暮らしていたユダヤ人で、自らの名前を冠《かん》した画廊《がろう》を経営して、大成功していた。どうか、この点を忘れないでほしい。

マックスはすばらしい人物だった。明るくて賢《かしこ》く、勇敢《ゆうかん》だった。できるならおまえにも会わせたかった。わたしたちは収容所からの脱走《だっそう》を計画した。しかし、マックスは逃走《とうそう》の途中《とちゅう》でつかまってしまった。わたしは立ち止まって戦ったり、手助けをしようとしたりはしなかった。恥《は》ずかしいことだが、わたしは自分の命を守るためにひとりで逃《に》げた。

しかし、これはわたしにとってたいへんな重荷になった。ナチスが侵攻《しんこう》し、マックスの商売を奪《うば》ってしまう以前、あるイタリアの貴族紳士《しんし》があらわれて、数枚の絵を売るために持ちこんできたときのことを、マックスは話してくれたことがあった。その紳士《しんし》は、戦争が迫《せま》る前に絵を現金に変えたがっていた。マックスは、それらの絵の中でも一枚の絵にとりわけ魅了《みりょう》された。独特な様式だけでなく、謎《なぞ》めいた銘文《めいぶん》にマックスは惹《ひ》きつけられた。マックスはその絵を、行方《ゆくえ》不明になっていたラファエロの絵だと確信した。ただ、そのイタリア紳士《しんし》は絵のいわれをまったく知らなかったため、とても安い値で買い取ることができた。

マックスはその絵がたしかにラファエロのものだという鑑定《かんてい》結果をなんとか取りつけたいと考えた。その後、市場に売りだそうと計画した。ところが、戦争がはじまってしまった。画廊《がろう》がナチスに奪《うば》われたとき、マックスはその絵をなんとか隠《かく》すことができた。そして、あるナチスの高官との友情を頼《たよ》りに、その絵とひき換《か》えに娘《むすめ》を逃《に》がすという約束を交《か》わした。マックスはナチスからも愛されていたのだ。

マックスの娘《むすめ》はアンナという。アンナ・トレンチャーだ。この女の子の名前も、どうか忘れないでほしい。

連合軍の支配地域まで逃《に》げのびて、新しく編成された美術の専門家の部隊へ配属され、ヒトラーの個人的なコレクションの目録作りをしているときに、マックスの持っていたラファエロの特徴《とくちょう》をすべて備えた絵にでくわしたわたしのショックを想像してみてほしい。

最初わたしは、上官に申し出ようと考えた。おまえも『ライドンおじさん』として知っている人がその上官だ。つぎからつぎへと、洪水《こうずい》のように運びこまれるものすごい数の、持ち主のわからないほかの美術品とはちがって、わたしは、その絵の持ち主をはっきりと知っているのだから。

だが、わたしがいいだす前に、奇妙《きみょう》なことに気づいてしまった。ライドンやその仲間たちは、作品の持ち主探しにはほとんど興味を持っていないように見えたのだ。表面的には美術品の返還《へんかん》のために努力をしているように見せているが、結局のところ、持ち主が見つからなければ『作品の保護』という名目で、美術館のコレクションに加えることができるようになっていた。新しく発見されたレンブラントやフェルメール、レオナルド・ダ・ヴィンチやラファエロの絵で、美術館の入場券の売り上げが伸《の》びるだろうとわかっていながら、死んで何年もたつ持ち主や、その遠い親戚《しんせき》探しに一生懸命《けんめい》になれるものだろうか？

絵や彫刻《ちょうこく》以外にもさまざまなものがあふれるように持ちこまれるのを見た。絨毯《じゅうたん》や銀器、骨董品《こっとうひん》や宝石類、ユダヤ教の祭式に使われる銀の燭台《しょくだい》やユダヤ教の律法書トーラーの装飾《そうしょく》品《ひん》のベルまであった。価値はあっても、ごくごく個人的なものもあった。夫や妻、子どもの自由とひき換《か》えに提出されたと思われる身の回り品だ。

マックスの絵を返還《へんかん》するということは、単なる所有権の問題ではないことにわたしは気づいてしまった。これは、個人の決断の問題だ。自分が所有する絵に、マックスはひとりの少女の運命をゆだねたのだから。

その決断は、今度はわたしに課せられることになった。

ライドンにはなにもいわなかった。コレクションからあの絵をそっとはずし、記録を『修復不能』と書き換《か》えた。そして、どうやってあの絵を故郷へ持ち帰ろうかと、計画をめぐらせはじめた。

わたしの持ち物や家にむけて発送した荷物は調べられて、絵は見つかってしまうだろう。運のいいことに、わたしはニューヨークの画材店で働いていたことがあり、そこの店主は水性の化学的絵の具の開発をおこなっていた。その絵の具の特徴《とくちょう》は、油絵の具とはちがってかんたんに落とせるというものだ。わたしは店主にその絵の具のサンプルを送ってもらい、それを使って、上からわたし自身の絵を描《か》いた。こうして、ほかのオリジナルの絵にまぎれこませて、好奇心旺盛《こうきしんおうせい》な憲兵の目をかんたんにかいくぐることができた。

しかし、幸運もそこまでだった。あらゆる難民救援《きゅうえん》組織に何年にもわたってあたっても、アンナ・トレンチャーを見つけだすことはできなかった。あの絵が、ヒトラーのコレクションに加わっていたということは、取り引きが成立したことを意味するはずだ。わたしは、アンナを逃《に》がす方法は、正式な手順を踏《ふ》んだものではないのではないかと考えた。書類もパスポートもなしに、密出国、密入国のような手段を使って。

この手紙を書いた目的にもどろう。わたしの探索《たんさく》は失敗に終わった。けれども、おまえの探索《たんさく》ははじまったばかりだ。

まずは、ごくありきたりの消毒アルコールをひと瓶《びん》とぼろ布を用意すること。つぎに、わたしのアトリエの炉棚《ろだな》の上の卵の絵をおろしてほしい。この先は、少々《しょうしょう》気が重いかもしれないが、わたしを信じてほしい。ぼろ布を消毒アルコールに浸《ひた》し、絵の表面をゆっくりこすれば、わたしの絵はかんたんに落ちて、その下にある元々《もともと》の絵が姿をあらわすだろう。じっくり楽しんでほしい。わたしはドイツですごした日以来見ていないが、息をのむほどすばらしい絵だった。

　もう、なにをしなければいけないかはわかっただろう。おまえの仕事は、わたしのものとは少しちがう。おまえには、この絵の落ち着くべき家を見つけてほしい。アンナ・トレンチャーがもし死んでいるとしても、どこかにきっと、親類がいると思う。たとえどんなに遠いところであろうと、あの広いヨーロッパ大陸のどこかに生き残った親類がいるはずだ。その人たちを探してほしい。その人たちのもとへ、『決断の力』を返してほしい。

　最後にもうひとつだけ。わたしは自分自身の評判などまったく気にしない。これから探《たん》索《さく》をはじめるおまえは、もしかしたら、わたしの悪事を知ったり、泥棒《どろぼう》だの、いかさま師だのといった噂《うわさ》を耳にすることもあるかもしれない。しかし、わたしは心の底からいえる。自分の便宜《べんぎ》のために他人を奴隷化《どれいか》し、自分の楽しみのために人を殺し、生き残った人間に生涯《しょうがい》消えることのないおそろしい記憶《きおく》をきざみつけるような残忍《ざんにん》な仕組みを生きぬいたものは、自由よりほかに望むものなどなにひとつないんだと。そして、わたしは、その自由を心から楽しみ、味わい尽《つ》くした。


ジャックより、愛をこめて。

ボールペンの文字がまたあらわれた。震《ふる》える手で書かれた追伸《ついしん》だ。

わたしのセオドラ

この手紙は、若いころのおまえのお母さんにあてて書いたものだ。わたしが待っていたのはおまえだったのだと、いまのわたしは知っている。

以前、おまえにお母さんはうたう小鳥だと話したことがあったね。でもおまえはニワトリだ。わたしとおなじように。あちこちほじくっては休み、探しているものを見つけるまでは決してあきらめない。

ほじくるんだ、セオドラ。卵の下を見て、深く掘《ほ》り下げるんだ。

著者あとがき

わたしの大好きな作家、ウンベルト・エーコは「本はいつでも、ほかの本のことを語っている」と書いている。そのことばを借りれば、本書はエドワード・ドルニックが書いた偉大《いだい》な美術ミステリー『The Forger's Spell（贋作者《がんさくしゃ》の呪《のろ》い）』の三十五ページから生まれたといってもいいだろう。

『The Forger's Spell』はフェルメールの絵の贋作《がんさく》を描《か》き、それをナチスに売りつけた男を描《えが》いた本当の物語だ（この話については、セオも独自の探索《たんさく》の途中《とちゅう》で触《ふ》れている）。わたしは、この「事実は小説より奇《き》なり」を地でいくような物語のつぎの個所で手を止め、くぎ付けになってしまった。

古い年代に描《えが》かれた作品かどうかを調べるいちばんかんたんな方法は、絵の表面をアルコールでこするというもので、実際に、通常真っ先にためされているといっていい。本当に古い絵の表面は硬《かた》く、アルコールに影響《えいきょう》されることはない。もし、絵が新しい場合、アルコールによって絵の具はわずかでも溶《と》け、アルコールをふくませたコットンは絵の具の色でにじむだろう。

この部分を読んだ瞬間《しゅんかん》、わたしの頭の中でひらめくものがあった。もし、元々《もともと》の絵には影響《えいきょう》がでないことを知っているだれかが、意図的に古い絵の上に別の絵を描《か》いたとしたら？　わたしはそこから、贋作《がんさく》という小道をかけ下り、密輸を通りすぎ、ナチスの美術品略奪《りゃくだつ》にまでいたった。

それからの三か月のあいだに、ほかの三点の資料も欠かせないものとなった。まずは、リン・H・ニコラスの、徹底《てってい》した精密な調査に基づく魅力的《みりょくてき》なドキュメンタリー『ヨーロッパの略奪《りゃくだつ》』があげられる。そこから導かれて、ロバート・M・エドゼルの『ナチ略奪《りゃくだつ》美術品を救え』、さらには、忘れられたベルガ強制労働収容所での虐待《ぎゃくたい》をはじめてあかしたロジャー・コーエンの『Soldiers and Slaves（兵士と奴隷《どれい》）』と出会った。ジャックの冒険《ぼうけん》の背景にある真実の物語を知りたいと思ってくれた人には、これらのすばらしい本を強くお勧《すす》めしたい。

セオとおなじように、この本を書き上げる過程で、ニューヨークの偉大《いだい》な調査機関がおおいに役に立った。それは、メトロポリタン美術館であり、ユダヤ歴史センターだ。ブルックリン公共図書館には心からの感謝を捧《ささ》げたい。この図書館のオンラインシステムと一度に九十九冊まで借りられるという寛大《かんだい》な貸し出しの方針には、これまで支払《しはら》った膨大《ぼうだい》な延滞料《えんたいりょう》ぐらいでは、感謝の気持ちをあらわすには全然たりない。

またしてもセオとおなじように、すべての交流がひらめきや創作のアイディアにつながる、わくわくできるニューヨークで暮らすことにも感謝を捧《ささ》げたい。これまでに、さまざまな情報や識見を授けてくれたたくさんの方々《かたがた》に特別の感謝を。

わたし自身以上に、わたしの隠《かく》れた才能を信じてくれたふたりの仕事上のパートナーに出会えたことは、身に余る幸運だった。これまでに受け取った、どれよりもすてきなEメールを送ってくれたサラ・クロウ、ありがとう。そして、下書きの原稿《げんこう》を提出するたびに、やさしく、親切なやり方で背中をおしてくれたナンシー・コンセキュー、ありがとう。

最後に、賢明《けんめい》で創造的、そして、限りなくがまん強い夫のデイブ、ありがとう。たくさんの下書きを陽気にたたきのめしてくれたおかげで、批判的な目と、すてきな筋書きを得ることができた。あなたなしにはなしとげることはできなかった、という決まり文句が、これほどあてはまることはないと思う。

ローラ・マークス・フィッツジェラルド

スピニー通りの秘密の絵

2016年11月20日　初版発行

著　者　ローラ・マークス・フィッツジェラルド
訳　者　千葉茂樹
発行者　山浦真一
発行所　あすなろ書房
〒162-0041 東京都新宿区早稲田鶴巻町551-4
電話 03-3203-3350(代表)
印刷所　佐久印刷所
製本所　ナショナル製本

 ISBN978-4-7515-2863-1
NDC933 Printed in Japan